CB065082

NOS

Tradução
Lívia Bueloni Gonçalves

TEMPO FINAL

Maylis Besserie

*Pela copa das árvores,
uma única Marguerite. Para ela.*

PRIMEIRO TEMPO

No Tiers-Temps
Paris, 25 de julho de 1989

Ela está morta. Preciso me lembrar o tempo todo. Suzanne não está no quarto, ela não está comigo, não está mais. Ela está... enterrada. No entanto, essa manhã, embaixo do meu velho cobertor, é como se ela estivesse aqui – não enterrada, nem mesmo morta – aqui, embaixo do cobertor, aconchegada ao seu velho Sam. Aliás, é porque está aqui, apoiada em meus velhos ossos, deitada perto da minha pobre carcaça, que sei que não estou enterrado.

Ainda tenho um pouco de frio. Sou muito magro. Minha mãe sempre me dizia isso. Quando eu era criança, corria sem parar, pelas ruas, pelos campos, corria para não ficar com frio porque era muito magro. Corria para não ouvir May dizer que eu era muito magro. Eu corria. Um dia, corri por tanto tempo que parti para sempre. Parti pelo mar. Parti para bem longe de May.

Suzanne correu por muito tempo ao meu lado. Pela floresta, sobre as folhas mortas e úmidas, sobre as raízes enterradas das árvores. Corremos, o vento sempre ao nosso encalço nos empurrando mais profundamente pela noite. Tivemos medo do barulho dos nossos passos, do nosso peso. Então corremos ainda mais, corremos de medo. Os pés de Suzanne doíam, mas ela corria. As amoreiras nos picavam. Minhas pernas lutavam com a terra, eu sentia meu coração disparar, como Suzanne. Suzanne agarrava meu ombro, meu sobretudo, ela se agarrava a mim para aliviar seus pés cansados da terra pesada. A terra que ela carregava como um fardo, como chumbo, a ponto de seus sapatos estourarem.

Eu não sentia meus pés. Eu corria por mim e por Suzanne. Um pé para cada. Levado pelo medo. Ela já estava esgotada de me arrastar. Fim da corrida. Suzanne está morta. Ela não está no quarto. Ela soltou meu sobretudo. Suzanne me soltou.

Tenho frio embaixo do cobertor. Acho que hoje é sexta-feira. De minha cama vejo apenas um plátano desfolhado lá fora. Em Dublin, ouvia os gritos das gaivotas. A cidade é delas e elas gritam, berram – em todas as portas. Elas circulam as torres de Sandycove e voltam em hordas até o centro. Elas gritam e comem durante toda a sua passagem. Predadoras, é preciso vê-las rondar. Eu me vejo novamente na Irlanda, acelerando o passo. Minha sombra apressada refletindo-se no Liffey com as gaivotas bem atrás. Tinha a impressão de que meus joelhos estalavam, mas eram meus sapatos sobre as pedras cinzentas. Mais tarde, quando ia visitar May – quando eu ia visitar minha mãe –, as gaivotas tinham engordado ainda mais. Elas iam atrás de restos de carga embarcadas no Liffey. Iam atrás de restos nas lixeiras – não davam chance aos pobres; iam atrás dos restos e também dos pobres.

Rua Dumoncel, não ouço as gaivotas. Nem mesmo ouço Suzanne. Não ouço mais nada. Ouço apenas o que já ouvi.

Tenho frio embaixo do cobertor. Preciso pensar em uma canção.

Adeus, adeus, adeus
Adeus aos girlish days

A voz de Joyce. *It warms my heart*. A voz de Joyce embaixo do meu velho cobertor. Ele faz música até quando escreve. Seus pés voam sob o piano, de um pedal a outro. Joyce faz música e canta com o sotaque de Cork. O sotaque do seu pai. Belos vestígios de tenor. Ele canta para os amigos: os Jolas, os Gilbert, os Léon; ele canta para Nino. Eu o ouço bêbado – embaixo da mesa. A casa vibra, uma moça dança. É a filha de Joyce: Lucia. Fecho os olhos.

Quando Joyce termina o espetáculo, levanta-se sobre seus três pés: os seus e o de sua bengala de freixo. Ele cumprimenta e logo pede uma bebida. Ele é irlandês.

Na rua South William, eu bebia no Grogan's. Encontrava meu amigo Geoffrey, Geoffrey Thompson. Ele estava sempre no balcão, rodeado por alguns cúmplices abobados. Eu o encontrava e bebíamos juntos. Me lembro, no inverno, dos clientes aglomerados no balcão como pardais sobre arame farpado. Eles costumavam deixar seus chapéus e bonés ao lado para beber à vontade. Eu gosto do Grogan's. A madeira do chão e das paredes, os raios azuis e laranja passando pelos vitrais. Eu me lembro dos clientes todos vestidos de forma idêntica: camisa branca, colete de botões, jaqueta e sapatos pretos. Geoffrey tinha um bigode. Um bigode espesso que escorria quando ele bebia. No pub, ele tinha sua expressão feliz da noite. Geoffrey é um bom companheiro. Lá, os homens gracejavam sem ousarem se olhar nos olhos. Eles são engraçados e tímidos. São engraçados, mas não nos olhos. Eles olham ao longe quando gracejam. Olham para as garrafas de vidro branco, sobre as prateleiras, ou para as canecas cobertas por um resto de espuma. Em Dublin, tudo intimida, tudo é proibido. Eu parti. Correndo.

OBSERVAÇÕES MÉDICAS
Dossiê: 835689

Sr. Samuel Barclay Beckett
83 anos
Altura: 1,82 m (6 feet)
Peso: 63 kg (9,9 stones)

Inf. Hosp.

Senhor de 83 anos, escritor, encaminhado pelo Dr. Sergent, um de seus amigos, por conta de um problema de enfisema e quedas recorrentes, resultando em perda de consciência.

O senhor Beckett tem histórico familiar de Mal de Parkinson (lado materno).

No dia 27 de julho de 1988, após uma queda na cozinha, foi encontrado inconsciente por sua esposa. Levado ao centro hospitalar de Courbevoie, os exames não revelaram nenhuma fratura ou hemorragia. Em seguida foi transferido ao hospital Pasteur, com o objetivo de pesquisar a causa de suas perdas de equilíbrio.

Até o momento não apresentou os sintomas clássicos da tríade do Mal de Parkinson: tremores dos membros em repouso, lentidão nos movimentos (aquinésia), rigidez extrapiramidal. No entanto, os sintomas motores (rigidez muscular e instabilidade postural) levam a equipe de neurologia do hospital Pasteur a suspeitar de uma forma atípica ou associada à doença. O paciente também diz ter cada vez mais dificuldades para escrever (micrografia) e segurar sua caneta.

Seu estado de "precariedade física" nos levou a propor-lhe uma estadia em casa de repouso com cuidados médicos.

Ele reside no Tiers-Temps desde 3 de agosto de 1988. Sua esposa faleceu hoje. Gravemente desnutrido em sua chegada, o tratamento hipercalórico/hipervitamínico intravenoso e a oxigenoterapia prolongada melhoraram seu estado. Ele obteve autorização para sair sozinho da casa de repouso para fazer uma caminhada, quando o tempo estiver seco, assim que se sentir capaz.

RELATÓRIO DA EQUIPE DE ENFERMAGEM SOBRE O SR. BECKETT

Nadja, enfermeira:

O senhor Beckett é um paciente muito exigente com seus horários. Ele lê e escreve à noite e por isso acorda tarde. Da minha parte, tenho o hábito de passar em seu quarto no finalzinho do meu turno, por volta de 9h45–10h, para não importuná-lo.

Ele não é um paciente injetado e faz sua higiene como deseja, sem enfermeira.

É um paciente muito silencioso, mas educado com a equipe.

A seu pedido, faz as refeições em seu quarto e não participa das atividades propostas aos residentes.

Quando está em forma, sai do estabelecimento no começo da tarde para fazer uma caminhada recomendada pelo fisioterapeuta (15–20 minutos). Recebe visitas com frequência no fim da tarde. Bebe um pouco. Continua fumando.

Plano de tratamento:
- Regime hipercalórico contínuo por via oral até retorno à curva de peso.
- Oxigenoterapia com cateter nasal tipo óculos, fluxo de 1 a 2 litros por minuto.

No Tiers-Temps
26 de julho de 1989

Estou no jardim. Não sei se é possível dizer que ele é de verdade, mas estou "no jardim". É assim que o chamam. Dobro-me ao nome que lhe dão. No jardim, a grama é de plástico verde antiderrapante. Andamos sobre uma falsa grama como se fosse verdadeira, mas não é, já que não se pode deitar nela. No entanto, estou em um jardim graças a ela.

Nesta manhã não estou muito firme. O homem que vem todos os dias para fazer minhas pernas trabalharem me disse: *Senhor Beckett, esta manhã o senhor não está muito firme*. Portanto fiz meus exercícios. Fiz o meu melhor. Levantei a perna e a descansei. Recomecei várias vezes, todas as vezes que ele havia me pedido. Fiz o mesmo com a outra. Com a outra é mais difícil. Eu também a levanto e pelo menos o faço com determinação, mas ela resiste. Eu a levanto, entretanto, e a repouso. Falho e recomeço. Apesar de tudo, consigo caminhar. Enfim, caminhar seria um pouco de exagero. Dou um impulso até que meu outro pé, que se encontra a poucos centímetros do primeiro, termine na frente. Meus pés entregam-se a essa marcha de lesma e eu caminho. Isso não caminha muito bem.

A falsa grama forma uma faixa sob o muro. A faixa de grama. É ali que eu caminho quando não estou muito firme. Em certos dias, a enfermeira Nadja caminha sobre a faixa comigo. Sua cabeleira brilha, ela deve usar algum óleo especial e perfumado. Sinto seu cheiro, quando ela segura meu braço como a um velho marido. Sinto seu cheiro, quando ela toca meus velhos ossos para ajudá-los a se moverem. Sinto seu cheiro. O que ela pensa? O que ela pensa ao segurar meu braço inerte e quando a observo por trás de meus grossos óculos de coruja? Não sei. Ela faz seu trabalho. Ela é gentil. Se a aborreço, não me deixa perceber. Eu sinto o cheiro de seus cabelos de longe. Não me aproximo – vergonha do que ela poderia sentir. Deixo meu braço solto, esperando que ela o segure. Isso não acontece todos os dias.

O muro que cerca o jardim é alto. Na rua de Ulm não havia um muro, mas grades altas. Grades que eu devia saltar. Eu pulava o muro para beber. Bebia e pulava o muro. Pulava nos dois sentidos. Na ida e na volta. Com menos graça na volta, mas pulava assim mesmo. Bebia com meu amigo Tom. Nunca antes das cinco da tarde. Imperativo categórico. No Cochon de Lait eu bebia Mandarin-Curaçao, Fernet-Branca, Real-Porto. Bêbado como um gambá. A ponto de perder meus óculos, cair em qualquer buraco, me estatelar – ermitão saído de um silêncio que havia jurado eterno. Bêbado idiota, bêbado hilário. A mente totalmente vazia. Leve, tão leve. Se ouvisse meu pai, teria vivido dias felizes na Guinness, uma cervejaria radiante e próspera. Na felicidade das bolhas. Que tristeza! Isso me volta agora que estou vazio. Que não sei mais escrever. Que não escrevo mais. Quase não escrevo mais.

Eu também bebia com Joyce. Em grandes taças. Bebíamos Fendant de Sion branco em quantidade industrial na hora em que os animais voltam para o estábulo. Joyce convertia todo mundo a seu néctar – que lhe lembrava *a urina de uma arquiduquesa*, ele dizia. Joyce convertia todo mundo. Joyce era uma verdadeira duquesa.

> *If anyone thinks that I amn't divine*
> *He'll get no free drinks when I'm making the wine*
> *But have to drink water and wish it were plain*
> *That I make when the wine becomes water again.*

Meu Deus, esse jardim cheira a mijo. Riachos de mijo de velhos correm sobre a falsa grama. Se fosse verdadeira, estaria amarelada. Por sorte é de plástico. Conservou sua cor. Uma borrifada de água cairia bem. Entretanto, nada a fazer contra o cheiro. De todo modo, nada a fazer.

No jardim, tenho medo de ser apanhado. Que me digam: *Senhor Beckett, deixe-me ajudá-lo*. Que me peguem pelo braço como se eu fosse uma tia velha com quem se passeia pelo jardim. Para quem se mostraria as flores. Ou as nuvens. Tenho medo de ser tocado. Quando alguém me toca, sempre espero o pior. No entanto, houve um tempo em que me tocavam sempre. Peggy, por exemplo, me tocava bastante. Ela me tocava vigorosamente. Me agarrava como um guerreiro segura a sela de sua montaria antes de erguer-se sobre ela. Me espetava com suas mãos duras. Ela se agarrava à minha carne, descolava-a de meus ossos e a brandia como um troféu. Se agarrava a mim com tal força... Não sei o que era. Se era amor verdadeiro. Mas ela me arranhava. Ela me arranhava e eu gostava. Quero dizer, eu permitia. Se permitia, é porque devia gostar. Certamente. Gostar que ela me arranhasse a ponto de me queimar. Que ela me esfolasse como ao coelho cujo pijama peludo retiramos depois de tê-lo nocauteado com uma pedra pesada. Sim, eu gostava disso. Gostei disso por muito tempo.

Em Foxrock também havia uma moça. Seu nome me escapa. Uma moça que gostava de me beliscar durante o trajeto de Dart, o trem do bairro. Quando eu chegava à estação de Glenageary, ela estava sempre ali. Muito bonita. Ao modo irlandês. Uma moça grande e gorducha – *a fine girl*. Ela sentava ao meu lado, uma fonte de cabelos escorria em suas costas. A gorducha me apertava com seus formidáveis dedos carnudos. Um dedo médio e um polegar no oco das costelas, as unhas afundadas. Eu relinchava. Isso a divertia terrivelmente. Não me lembro mais do começo dessa história. Como ela conseguia pegar a dobra, a dobra para me beliscar? Não sei. Devia ter dito alguma coisa. Alguma coisa obscena. Eu sempre fazia isso com as estrangeiras – quero dizer, com as desconhecidas. Dizia coisas obscenas e às vezes deixava que me agarrassem ou beliscassem. Ela se divertia terrivelmente entre minhas costelas. Eu me divertia loucamente entre suas coxas. Eu a pinicava, ela me beliscava. Peggy também me beliscava. E isso acabou doendo.

DIÁRIO DE ACOMPANHAMENTO
26 de julho de 1989

Sylvie, auxiliar de enfermagem (9h às 18h):

Acordou às 9h45. Uma xícara de chá e dois biscoitos de café da manhã.
Higiene realizada pelo paciente.
Sessão de fisioterapia das 10h às 10h20.

Almoço no quarto às 11h50:
Creme de cogumelos
Filé de bacalhau ao limão, musseline de cenoura
Compota de cassis

Come pouco. Suplementos alimentares (sobremesas cremosas hipercalóricas em substituição ao suco de frutas que o paciente não gosta).

Passeio até a Praça Alésia, sem fôlego na volta.

Visita de sua amiga, senhora Fournier. Dois copos de uísque por volta das 17h.

Nadja, enfermeira (18h à 00h):

Muito bem-humorado ao final da tarde. Brincalhão.

Jantar no quarto às 18h45:
Sopa Polignac
Salada de macarrão à savoyarde
Ricota com ervas
Pudim de frutas vermelhas

Meia-noite, fim do meu turno. Ainda em sua mesa de trabalho.

No Tiers-Temps
29 de julho de 1989

Estou no meu quarto. Interior com cama, mesa de cabeceira, cômoda, prateleiras, frigobar suplementar arranjado pela indefectível Edith, indefectível amiga. Tradutora excepcional.

Diante da janela, uma mesa para escrever algumas histórias e telefone de cor creme. É quase tudo. A decoração não desagradaria minha mãe. Tão alegre quanto seu quarto – fantasia protestante. Este quarto não é exatamente meu. Não é meu quarto. É aqui que sou mantido. É aqui que moro, que recebo minhas cartas no momento. Acima da minha cama há um lustre--candelabro com três lâmpadas preso ao teto por uma corrente. A cada movimento nos andares superiores ele ameaça cair. Se caísse, seria o fim. Sempre as promessas! Ele desabaria, acabaria comigo subitamente. Um fim rápido. Um acidente fortuito. Inesperado. Não há aventuras todos os dias. Algumas linhas no jornal: *Há tempos não se via a sombra de um irlandês* (ele não era mais que sua própria sombra) *ser escorraçada assim*. Por enquanto a luz está firme e paira sobre meus miolos moles.

Quando acendo o lustre, por volta das dezoito horas, meu quarto se enche de âmbar. Quero falar da cor. Essa luz combina bem com o papel de parede. Ela o liberta. O amarelo-sujo torna-se muito intenso ou lilás. Quando estou em minha mesa, por volta das dezoito horas, contemplo a lua se o céu está sem nuvens. A noite se põe sobre mim, como à beira do lago de Glendalough. Meu pai bagunça meus cabelos eriçados, em silêncio.

A noite se põe, em silêncio. Nós a observamos chegar e esperamos. Esperamos sempre até que a luz decline. *That's it*, diz meu pai. É isso, é o fim. As nuvens róseas vão desaparecer atrás das montanhas de Wicklow. É hora de voltar para casa. De descer novamente. A escuridão modificou o caminho. Meu pai enrola minha mão com seu cinto e me guia. Somos dois cegos na floresta. Eu me deixo guiar pelo seu cinto. Vou saltando para não tropeçar nas raízes. Vou saltando a noite com minhas galochas. A noite imensa me liga a meu pai, em silêncio. Meu pai é uma coruja na noite, a lua lhe basta.

Quando voltamos, May está furiosa. Ela espuma. Ela fulmina. Minha mãe sempre fulmina quando se aflige. Alguns minutos antes, antes que fosse noite à beira do lago de Glendalough, antes da lua nascer, May se cala. Silêncio feliz. Silêncio que precede a tormenta.

Essa noite a lua está alaranjada. Minha perna dói, eu me inclino sobre a mesa para observar a lua alaranjada. A lua mel. Estou no quarto de Joyce.

Wait till the honeying of the lune, love!

Estou sentado à sua frente. Uma venda cobre seu olho esquerdo, sob seus óculos. Seus óculos redondos e grossos. Eu o observo sem saber se ele me vê. O elástico da venda separa o cabelo acima de suas têmporas. Ele olha ao longe. Talvez a lua. A lua mel. Ele usa um terno amarronzado e uma camisa listrada fechada com botões de madrepérola. O bigode lhe cai bem. O bigode foi uma boa ideia. Ele esconde seus lábios como se fosse um chapéu. Um traço de penugem ainda liga sua boca à base de seu queixo. Ele dita de uma vez. Ele cruza as pernas, um pé sobre o outro. Eu o observo e faço o mesmo. Ele dita. Não sei se ele me vê. Sua visão diminui, ele baixa os olhos. Talvez perceba um relance da minha sombra enquanto dita.

Estamos sentados como dois compadres diante de folhas esparsas. Escrevo à máquina. As palavras se acomodam. Escrevo rapidamente. Batem à porta. *Entre*. Lucia, sua filha adorada, me cumprimenta. Ela transmite uma mensagem a seu pai e sorri para mim com um ar malicioso. Ela é bela apesar dos olhos. O alinhamento de seus olhos não é paralelo. Não sei se podemos dizer *paralelo* ou *não paralelo* quando se trata do alinhamento dos olhos. De todo modo, os olhos de Lucia não o são. Eles não a impedem de ser bela.

Lucia deixa o quarto de Joyce. Ainda escrevo o livro de Joyce à máquina, o *Work in Progress* – isso progride lentamente. A música da língua, das línguas. Escrevo seu inglês pleno da Irlanda. Ele cospe página por página a Irlanda de nossas mães. A Irlanda de May. Ele a devolve para minhas mãos. É muito contagiante. Contagiante por causa da língua. Levei muito tempo para me curar. Da Irlanda, de Joyce, de May. De Joyce, da minha mãe, da minha língua. Será que consegui? Não sei. É preciso dizer que é uma condenação que recebemos ao nascer: sermos filhos de nossos pais e nossas mães. Nascer deles. De May. Bem abaixo de Joyce. Pode-se dizer que é um mau começo. Não digo que fiz o que era preciso. Não. Certamente poderia fazer melhor. Ter tomado certas precauções. Até mesmo medidas draconianas. Ter combatido o mal com o mal. Poderia ter matado May, por exemplo. Não teria sido tão difícil matar minha mãe. Tive a oportunidade mil vezes. Uma pequena almofada bastaria. Segurada com firmeza. Em silêncio. Por apenas alguns minutos. May não teria sofrido. Não por muito tempo. Eu a teria poupado de uma longa existência. Pensando bem, não teria sido uma ação tão má quanto parece. Inclusive para ela. Partida inesperada.

May era enfermeira. Eu poderia ter aproveitado um momento de cansaço, na volta de um turno, de madrugada. Teria posto um fim em seus sofrimentos e nos meus. Não, para fazer direito, seria preciso matá-la antes que nascesse – naturalmente impossível. Ou ao nascer, por que não? Teria sido o ideal. Um nascimento caridoso: a luz e a noite. Certamente o melhor teria sido que minha avó não tivesse visto a luz do dia. Estaríamos todos mortos desde o início. Teria sido mais simples. Mas cronologicamente, é preciso admitir, seria um caos.

Eu não a condeno. Não a condeno por ter se arrastado. Por ter se agarrado à existência como um ouriço-do-mar grudado às fendas rochosas. Ela não poderia saber. Aliás, eu também me arrastava. Vaguei pela baía de Dublin, no meio de algas e focas. Sim, o mar frio da Irlanda regurgita focas. O mar congelado. Elas são as únicas a se divertirem ali. A se multiplicarem como pães, graças a Deus. A fornicarem ali como coelhos marinhos. A se estenderem sobre as rochas prontas para receberem as homenagens de seus congêneres. As focas. Uma palavra maravilhosa, se é que elas existem. Nunca me acostumei com ela. Uma delícia. Questão de ouvido, quando se diz "foca", ouço *fuck*. Um insulto na Irlanda. Não há nada, quase nada a fazer, a mudar. O modo como pronunciamos *fuck*, na região de onde vim – com um "u" fechado, dobrado sobre si mesmo, para não dizer envergonhado –, esse modo de dizer *fuck* me parece um mamífero aquático dos mais gordos. Dito assim, não parece. No entanto, em minha lembrança, lembrança longínqua, a coisa funcionava. Não sempre, claro. Mas com frequência eu me entregava ao exercício de *fuck* com a maior aplicação. Exercício durante muito tempo classificado entre minhas disciplinas favoritas – com o críquete e o ciclismo, evidentemente. Que justificava, em alguma medida, a punição da existência. Aliás, recebi poucas queixas sobre os meus serviços. Era raro que eu não provocasse satisfação – ao menos no momento. Pobre velho impudico. Seria melhor ir dormir. Parar de pensar, parar de escrever. Aliás, não escrevo mais. Reformulo. Rearranjo. Eu me divirto. Eu irlandeio, franceseio, depende. Ginástica de detritos. Por exemplo, a novidade, ou melhor, a última, *Stirrings Still*. Eu penso "olha, não ficaria ruim em francês" – como um jovenzinho debruçado sobre seu latim. Faço sobressaltos com minha língua; é tudo o que me resta. Eu não escrevo, divago. Devaneio. Quando escrevi pela última vez? Não sei mais. Respondo às cartas, resto de educação. Respondo espalhando meus pobres restos. Mando notícias aos velhos amigos, aos editores ingleses, eles ficam contentes que o velho Sam mande notícias, que continue arranhando. Eles pensam "ele tem restos". Resta tão pouco. Espaços, entrelinhas – deserto branco. Tenho tão poucas palavras. Foram todas usadas ao máximo. É difícil acreditar, mas estão realmente gastas. Como os fundilhos das cuecas. Como o coração. Quanto me resta delas exatamente? Não sei. Algumas escondidas nas botas. De novo as botas. Sempre as mesmas palavras que giram e desaparecem. Hoje me parece que a folha é imensa. E que minha caneta também arrasta a pata. Obra da velhice. Ela contamina tudo. Até as cartas. Letra cursiva, abreviada, a um passo do telegrama.

Caro amigo, obrigado pela sua – stop – Todo o meu afeto.

Ah, como é eloquente o Nobel! Que besteira. Seria melhor ir dormir, apagar a luz. Se dormisse, talvez voltasse para o mar congelado da Irlanda – banho revigorante, cura da juventude. Abrirei os olhos na água. Deixarei o sal corá-los. Talvez haja sereias, quem sabe? Sonharei com focas.

AVALIAÇÃO DA AUTONOMIA DO SENHOR BECKETT
30 de julho de 1989

O senhor Beckett consegue realizar sozinho as transferências "levantar, sentar, deitar-se" (sem a ajuda de equipamento, apoiando-se no mobiliário à sua volta: braço da poltrona, cama, mesa):
- sem a necessidade de falar com ele, lembrá-lo, explicar-lhe, mostrar-lhe;
- garantindo todas as transferências nos dois sentidos;
- sem colocar-se em perigo;
- sempre que necessário e desejado.

Ele se move pelo interior dos espaços de convivência do estabelecimento (espaços coletivos, restaurante, locais de tratamento...):
- sem a necessidade de orientação;
- em todos os espaços de convivência até a porta de saída;
- com discernimento e de acordo com suas possibilidades;
- sempre que assim deseja e necessita.

Ele não fica isolado e sai regularmente:
- sem a necessidade de explicar-lhe como fazer;
- até o retorno ao estabelecimento;
- dominando o percurso, com um objetivo e de acordo com suas possibilidades;
- sempre que se sente capaz.

K.L., psicólogo.

No Tiers-Temps
30 de julho de 1989

Cérebro em geleia, tremendo. Espalhe meus rabiscos vis sobre o papel, em meu refúgio de semivagabundos. Eu me reescrevo em francês. Tradução de mim mesmo. Esquizofrenia linguística incurável. Amor e ódio pela língua materna. Inextricável.

Reúno as últimas células válidas da minha mente atrofiada. Trabalho laborioso: duas linhas, no máximo, nos bons dias. Avanço tão lentamente que tenho a sensação de ter parado. Além disso, conforme as regras da física, é provável que a desaceleração me faça parar. Que eu acabe com as palavras ou elas comigo.

Quando os olhos de Joyce o deixaram, ele encontrou outros. Havia olhos por toda parte. Olhos ao seu dispor, atentos. Os olhos de seus escravos, os olhos de seus anjos. Eu comecei a trabalhar atrás dos meus óculos de aros de bicicleta. Eu segurava seu braço, tranquilamente, ajudava-o a atravessar, tranquilamente. Ao seu dispor, todos os dias, no número 2 da Praça de Robiac. Até o céu ficar baixo e as nuvens róseas. Até chegar a hora de escrever à máquina. Falávamos sobre as vacas e a Irlanda.

Ainda o vejo. Ele cruza as pernas. Empoleira uma delas sobre o braço da poltrona. Ela pende. Ele pensa. O trabalho progride. Suas mãos cruzam-se sobre seu joelho. Minhas mãos e meus olhos ao seu dispor, ao dispor do trabalho que progride.

Domingo é outra coisa. Minhas pernas me levam novamente ao número 2 da Praça de Robiac em frente à porta escura coberta por loureiros. Joyce não diz Sam, ele diz *senhor*. Eu também digo *senhor*. Às vezes aos domingos, em frente à porta do número 2 da Praça de Robiac, quando viramos na rua de Grenelle e pegamos a avenida Bosquet pensando em chegar ao Sena, ele diz *Beckett*. Apenas Beckett, sem senhor, sem nada, sem formalidades.

Na margem do Sena, o cheiro é sempre de cachorro. De dezenas de cachorros que se jogam na água alegremente, exibindo-se. Eles saem pesados pela água. Os pelos encharcados desenham seus traços e lhes dão um ar triste. As crianças os observam em silêncio enquanto eles se sacodem; então começam a gritar. A chuva de cachorros molhados anuncia o fim do banho. As mulheres de avental colocam as coleiras nos pescoços. É a vez das crianças seminuas brincarem com a água. Se estiver calor. Se o tempo estiver bom. A pele seca rapidamente. Em certos dias, nas margens do Sena, também encontramos os tosadores. Chapéu de palha, um vira-lata entre as pernas, contra o avental. O vento espalha os montículos de pelos sobre o pavimento e sobre o Sena. Montículos que flutuam e desaparecem. O cachorro enfim escapa com o rabo entre as pernas. Não no domingo.

No domingo sigo o cais pavimentado, o homem da pena à minha esquerda, até a ilha dos Cisnes. Essa ilha que já não é mais uma ilha tem uma história incomum. Uma história trivial e mitológica. Como as que Joyce amava. Antes de ser anexada à terra firme sob as ordens de uma cabeça coroada, a ilha se chamava Maquerelle. Os camponeses faziam suas vacas pastarem ali. Não creio que houvesse problemas com os cafetões ou as cavalinhas, mas sim com "as querelinhas". As querelas foram resolvidas aqui, com o Sena por testemunha, escondendo em suas profundezas os corpos pesados das vítimas, dos derrotados. O Liffey também transborda suas mortes vergonhosas e inúteis, escondidas pelos fluxos de água benta. Cemitérios marinhos cheios de encrenqueiros, suicidas, traídos, afundados à noite em suas águas. Crimes irresolutos, segredos pantanosos.

Foi assim durante luas. Alguns querelavam na ilha, se necessário, com toda a discrição, sem chatear ninguém, a não ser, claro, o protagonista da querela. No entanto, certo dia um rei da França e de Navarra recebeu, de uma embaixada qualquer, cisnes. Quarenta cisnes. Cisnes que, mais agradáveis de olhar do que as vacas, os camponeses e suas querelas, tornaram-se os senhores da ilha. Sua Majestade fez tudo o que estava em seu poder para preservá-los. Proibiu qualquer pessoa de entrar na ilha sem permissão, os saltimbancos de abordá-los, pegar seus ovos e caçá-los. Mesmo assim, foi o fim para eles. Os cisnes cansados morreram. Certamente após algumas querelas. Ninguém sabe. Mesmo assim, a ilha ainda estava lá. Mesmo que não fosse mais uma. Ela formava um cais sobre o qual andávamos, em um quase silêncio. Apenas alguns estalos das varas de pescar e o murmúrio surdo da admiração eterna que eu tinha, pobre cão, pelo meu mestre.

TRECHO DO REGULAMENTO INTERNO

Saídas dos residentes

Com exceção dos residentes que necessitem de medidas de proteção específicas que garantam sua segurança, todos podem ir e vir livremente. O estabelecimento é um local de residência. A admissão na instituição não justifica quaisquer medidas impedindo a liberdade de ir e vir dos residentes, qualquer que seja seu estado de saúde.

Contanto que o estado psíquico do residente lhe permita decidir sobre suas saídas, consciente dos riscos envolvidos, o estabelecimento não irá se opor a suas saídas, quaisquer que sejam os riscos físicos existentes. O estado físico do residente é avaliado pelo médico que determina com a equipe as condições de saída de todos os residentes.

O estabelecimento não pode ser responsabilizado pelas consequências das saídas dos residentes. Quando sair, o residente deve avisar um membro da equipe para evitar qualquer preocupação e organizar o serviço. Caso isso não aconteça, o estabelecimento dará início a uma busca assim que se der conta da ausência da pessoa e avisará seus parentes ou o tutor a respeito do ocorrido.

No Tiers-Temps
31 de julho de 1989

Duas saídas por dia, com o tempo seco. Pequeno resto de hábito. Pequena felicidade. Nas ruas calmas, sem obstáculos. Primeiro é preciso decidir: à direita ou à esquerda? Escolha corneliana. À direita ou à esquerda da rua Rémy-Dumoncel. A decisão comporta um desafio maior do que parece. Por exemplo, admitamos que, tendo atravessado o salão para convidados para chegar à porta envidraçada da entrada, eu escolha virar à esquerda – o que me preparo para fazer. Antes de atravessar a porta, preciso antecipar a virada. Esta é uma das singularidades do velho bípede condenado ao equilíbrio precário, contando apenas com dois pés e duas mãos para se agarrar aos galhos. É toda uma arte. Uma chateação daquelas.

Seguindo os conselhos do meu fisioterapeuta, me preparo com bastante antecedência para o exercício de equilibrar o peso do corpo sobre a perna chamada *giratória*. Aproveito-me engenhosamente da abertura da porta para me agarrar a ela e efetuar a ligeira rotação. Um truque sutil, se é que isso existe. A tentativa revela-se conclusiva.

Uma vez lançado à esquerda, a deambulação pela rua Dumoncel me pareceu bem fácil. Deste lado sucedem-se os números pares, em ordem decrescente, até a avenida René-Coty. Partindo do sábio princípio de incluir apenas ruas tranquilas em meu itinerário, estava absolutamente excluída a hipótese de seguir pela avenida René-Coty. Muitos carros, calçadas regularmente congestionadas por obras restringindo as possibilidades de circulação, transeuntes pouco corteses. Sem condições. Felizmente, no fim da rua Dumoncel, logo antes de entrar na avenida René-Coty, uma bifurcação permite virar à direita – viva a alternância – e subir a rua Tombe-Issoire. Se a descida da rua Dumoncel é mais fácil por conta de um declive suave – apenas a inclinação necessária para não se deixar levar –, a rua Tombe-Issoire dissimula uma falsa superfície plana. Eu continuei, entretanto, inspirando a cada dois passos para economizar minhas forças. Ali estou na rua do gigante Issoire que, outrora, pilhava os viajantes e cuja cabeça decapitada está enterrada em algum lugar sob meus velhos pés. Caminhei bastante. Pelas estradas, nas florestas. Pulei as fossas, usei minhas botas até o osso. Um dia, uma das minhas velhas galochas explodiu no Boul'Mich. Andando como um vagabundo, a frente do sapato aberta, meias ao ar, não tive escolha a não ser correr para uma loja qualquer. Fiz a aquisição de um novo par. Sapatos pontudos, elegantes, italianos. Como os de Joyce. Sapatos novos prontos para partir – *fresh start* – para a decolagem. Abandonei, aliviado, os antigos na caixa nova de papelão. As botinas grossas e pesadas. Aliviado do fardo de sua presença e da lembrança dos quilômetros percorridos, caminhei. Caminhei com meus sapatos novos. Praça Edmond-Rostand, rua de Médicis, rua de Vaugirard. Trotei como um jovem cachorro louco até a rua de Grenelle. Até a Praça de Robiac. Joyce não estava lá. Era só sua filha para me enganar. Lucia me servia chá com um sorriso jocoso. Lucia não me chamava de *senhor*. Nem de Beckett. Quando íamos ao cinema ou ao teatro, ela enlaçava seu braço no meu e me puxava em sua direção. Lucia me chamava de *Sam. Meu Sam. My dear Sam.*

    Não caminhei por muito tempo. Não por muito tempo ao lado de Lucia. Eu vaguei, é verdade, mas não caminhei por muito tempo. Em um dia de primavera, disse à Lucia que não caminharia mais. Que não era mais *seu Sam*. Uma tempestade cobriu o céu. Há muito tempo, as nuvens pesavam sobre a casa dos Joyce. Eu não era mais *seu Sam*, a porta da Praça de Robiac se fechou. Eu também me fechei. Como uma ostra.

SESSÃO INDIVIDUAL
31 de julho de 1989

O senhor Beckett aceitou livremente o princípio das consultas que lhe apresentei em sua chegada.

Eu o vejo em uma sessão individual, por volta de 30 a 40 minutos, a cada 15 dias, com o objetivo de oferecer apoio e encorajar uma ressocialização.

Ainda que muito amável e receptivo às questões feitas, demonstra certa resistência, que se acentuou após a morte de sua esposa.

Ele não tem vontade de participar das atividades e entretenimentos propostos pela equipe ou pelos palestrantes externos.

No entanto, o senhor Beckett possui um círculo de amizades atencioso. Ele recebe, toda semana, ligações telefônicas, cartas e visitas de amigos ou membros da família.

Essa resistência está na continuidade da vida social que ele levava antes de morar no Tiers-Temps, com fortes ligações intelectuais e uma preservação importante de sua vida privada.

Ele também teve notícias de muitas mortes de pessoas próximas nos últimos anos, acentuando sua tendência à solidão.

No momento, ele parece bem adaptado à vida no Tiers-Temps. Continua, em seu ritmo, suas atividades de escrita.

Com relação à sua história e aos traumas que pode ter vivido, não penso ser necessário nem desejável incitá-lo a uma socialização mais importante, arriscando fragilizar o novo equilíbrio que ele parece ter encontrado aqui.

K.L., psicólogo.

No Tiers-Temps
2 de agosto de 1989

Caldo de pensamentos franco-irlandeses. Pobre decrépito. Seria melhor dormir. Largar meu livro. Apagar a luminária. A luminária de Joyce. Clique. Apaguei direito? Quase não se escuta o clique. Em todo caso, recomeço. A luminária está apagada? Ninguém responde. Ninguém responderá, Sam. Parece que está apagada. Coloco meus óculos e observo minha luminária. Eu acendo e apago novamente. Acendo para apagar. Nenhuma mudança. Exceto a luz.

Um raio de lua ainda clareia o chão até o avesso de meu cobertor. Poderíamos estar ao lado de Combray: as bochechas no travesseiro e o raio sob a porta. A dúvida se dissipa. A luz, a outra, esta que entra pelo interstício da porta, vem de fora – privilégio dos velhos agrupados em rebanho. Deixam acesa por precaução. Caçam as sombras. Têm o cuidado de iluminar os espectros. À noite, os vimos morrer na luz. Torrar, como as borboletas na lâmpada.

A luminária de Joyce. Depois de Lucia, a porta da Praça de Robiac se fechou. A luz se apagou. Clique. Persona non grata. O que se passou? Não sei mais. Errei por cidades inóspitas. Errei, procurando minhas palavras, até que a luz voltasse. Um dia ela voltou. Reencontrei a luz no fim do beco dos cisnes onde o homem da pena me esperava. Joyce reencontrado, enfim.

Olha, estão falando do outro lado. Os passos se aproximam. É a hora da ronda. As sentinelas estão sobre a ponte. Blusas brancas ou azuis, pés nos tamancos. Extinção das luzes. Toque de recolher dos velhos. A não ser que já seja dia. Não sei mais, na cegueira de meu quarto, o fim parece o começo. Poderia muito bem estar na minha ilha, com May e meu pai moribundo. Meu pai deitado sobre a cama, na casa entre o mar e a montanha. O perfume da ervilha-de-cheiro invadindo suas narinas. O coração do bravo cede. Aqui ele jura. Ele jura que em breve irá ao cume de Howth, que vai se deitar nas folhagens e peidar do alto da colina. Ele jura que não é o fim, que ainda admirará a baía de Dublin. *Lutar, lutar e lutar novamente*, diz. Depois, é o silêncio. Como tudo é silêncio e vazio agora. Não sei mais o que dizer. Perdi minha língua.

Batem na porta.
Não quero falar. Não saberia o que dizer, o que responder.
Batem de novo.
Cubro o rosto com meus lençóis.

– Senhor irlandês? Uhuhu, senhor irlandês?

Quem é essa louca balindo à minha porta? Será que sou eu mesmo e estou completamente maluco? Vou acender a luz. Não, se acender, ela saberá que estou acordado. Vou apagá-la. Ela não está acesa, quero dizer, a luminária. A louca ainda bate, quero dizer, na porta.

– Você está aí, senhor irlandês? Eu queria lhe dizer... "GOOD NIGHT"!

Continuo sob o lençol de algodão branco, aquele com o bordado vermelho contendo as iniciais do Tiers-Temps, respirando através do tecido o odor poderoso do sabão cuja única virtude é sua capacidade de cobrir todos os outros. A velha louca ainda cacareja. Uma voz a chama.

– Senhora Pérouse, o que está fazendo de pé? Vou acompanhá-la.

Pego a máscara de oxigênio, que o médico recomendou que eu usasse durante a noite. Pego-a, tateando no escuro. Coloco-a como um esfomeado, um sedento, um sufocado. Não quero mais saber de luz, nem luminária. Apenas ar. Ar, meu Deus!

DIÁRIO DE ACOMPANHAMENTO
3 de agosto de 1989

Thérèse, auxiliar de enfermagem (00h às 8h)

A luz do quarto do senhor Beckett ficou acesa até as 2h. Fui visitá-lo por volta de 1h. Bati na porta, ele me respondeu. Ele estava lendo em sua mesa. Propus que continuasse em sua cama para variar a postura e não se cansar muito.
Ele fez a transferência sozinho em minha presença.
Deixei-o decidir, de forma autônoma, o momento de apagar a luz, conforme seu pedido.

Sylvie, auxiliar de enfermagem (9h às 18h)

Acordou às 10h. Despertar difícil. O senhor Beckett não quis tomar café da manhã e decidiu voltar a dormir.
Ele me garantiu ter "reservas" em sua geladeira pessoal, podendo alimentar-se mais tarde.

Higiene:
Tomou banho e consegue realizar sozinho sua higiene corporal. Higiene da parte superior (com barbear e cabelo) e inferior (partes íntimas e membros inferiores).
Pediu ajuda para cortar as unhas dos pés.

Vestimenta:

O senhor Beckett escolhe suas roupas no armário e as prepara sozinho.

A vestimenta da parte superior (camiseta, camisa, blusa) e a vestimenta intermediária (botões, fechos, cintos) não oferecem dificuldade.

A vestimenta da parte inferior (meias, sapatos) toma bastante tempo.

No Tiers-Temps
3 de agosto de 1989

Fui acordado por Hermine, viúva de Blin, o diretor de teatro. Desde que Blin morreu, ela me liga com frequência, mesmo de manhã cedo. No entanto, durmo tarde – todos sabem. Aliás, Roger costumava lhe dizer, na época em que montava *Godot*, *Sam dorme tarde, Sam é um vira-lata*. Roger morreu. Disso eu me lembro. Hermine também me lembra. Sobretudo desde que Roger morreu. Ela me pergunta: *Não estou te acordando?* Então ela sabe que está. Ela o faz mesmo assim. Não tem problema.

Sonhei com Lucia. Lucia no Bal Bullier.[1] Toda a família estava lá. O homem da pena estava lá com sua mulher Nora. Todos lá para aplaudir sua filha. Uma combinação de escamas colada à pele de Lucia. Lantejoulas brilhantes costuradas com esmeraldas iam das pernas ao seu pescoço. Os braços nus. Suas coxas juntavam-se em uma cauda de peixe. Seu cabelo trançado em verde e prata. Ela me observa. Ela é mais bela do que na minha lembrança; a alta Lucia que dança com Schubert. Ela dança e me observa. Joyce também me observa. Eu me esforço para olhar em outra direção. Noto aos meus pés um cachorro malhado. Ouço Lucia e Schubert, mas é o cachorro que observo. Tem os olhos fundos, malvados. Olhos selvagens.

---

1   Salão de baile em Paris que funcionou até 1940. [N. T.]

Gargouillade, *saut de biche*,[2] escuto Lucia girar no ar, enquanto meus olhos, sempre ocupados com outra coisa, examinam a claraboia no teto. Fixo a luz ofuscante do zênite. Escuto Schubert e Lucia que desliza sobre suas notas. Talvez ela esteja rastejando? A luz me queima, meus olhos se afastam. Quando eles se põem enfim sobre a cena, sobre a cena na qual Lucia dança, o cachorro me morde. O maldito vira-lata tem a cara de Joyce. Trim-trim.

Depois que acordei, tomei um banho sem enfermeira – sem a precisão absoluta. Não quero reclamar, elas fazem seu trabalho. Aliás, não faço melhor, é o mínimo que se pode dizer. A simples remoção das meias me toma a manhã. Uma proeza. Seria preciso medir o tempo que levo, no curso de minha miserável existência, para me manter limpo. Para manter, em um nível aceitável para os outros, "minha higiene". Para resistir à sujeira que ameaça me enterrar. Por exemplo, tornou-se quase impossível para mim lavar as costas – falta de flexibilidade, posição desconfortável. Ou os pés. Meus dedos retraem-se. Minhas mãos parecem as palmas de um cisne. Só me resta dobrar o pescoço e rezar para não sentir nada.

Única solução a meu alcance: ficar de molho. Esperando que a água – bendita seja – faça o trabalho. Que solte a sujeira. Que limpe. Ficar de molho até a erosão completa da merda. Mesmo depois do banho é melhor não se aproximar muito. Abster-se de tatear a carne mole, os ossos ocos, a flacidez obscena.

Talvez a única atração de minha velha carcaça seja a costura que orna meu peito. Uma cicatriz espessa e interminável que se estende sozinha em meio a dobras e rachaduras. Milagre da Epifania.

Lembro-me pouco desta Epifania de 1938. Foi a alguns passos daqui. Na saída do metrô Denfert. A praça com seu leão enorme, cinzento, musculoso, o nobre entre os nobres do bairro Petit-Montrouge. O Leão de Belfort, esse é seu nome artístico, olha na direção do Novo Mundo e da *Lady Liberty*. Ele é grande, a cauda

---

2 Passos de balé. [N.T.]

congelada em pleno movimento. Exibe pretensiosamente seu esplendor sobre os pobres seres que caminham pela praça. O leão de Bartholdi, desta vez é o nome de seu escultor. Um leão com patas poderosas que ergue orgulhosamente seu peito. O flanco aberto às intempéries. A juba evocando a cabeleira de uma dançarina de cabaré em seu camarim, após o término do espetáculo.

Neste dia da Epifania, decidi seguir pela avenida de Orléans. Eu pisava em folhas mortas, uma por uma, na minha passagem, tomando cuidado para não escorregar pois o ar estava úmido. Nada mais traiçoeiro do que folhas úmidas, fui vítima delas muitas vezes na minha ilha onde chove sem parar. Na minha ilha onde a chuva é nosso purgatório.

Cobria as folhas cuidadosamente com meus passos e pensava estar na rua Baggot. Só faltavam as vozes embriagadas para se estar lá. As vozes dos cantores fazendo vibrar as entranhas dos transeuntes, enquanto a bebida queimava as deles.

She died of a fever
And no one could save her
And that was the end of sweet Molly Malone
Now her ghost wheels her barrow
Through streets broad and narrow
Crying "cockles and mussels alive a-live O!"

Eu fazia minha pequena caminhada – é um dos meus velhos hábitos. Andar no crepúsculo. Esperando que a noite caia para beber. Alan e Belinda me esperavam para jantar. Para um jantar irlandês: bebendo e contando histórias. Alan tinha o costume de recitar alguns versos de Yeats – ele recitava Yeats enrolando os erres:

A sudden blow: the great wings beating still
Above the staggering girl, her thighs caressed
By the dark webs, her nape caught in his Bill,
He holds her helpless breast upon his breast.

Ele pronunciou meu nome para que eu recitasse a sequência do poema. A sequência de "Leda and the Swan". Isso se chama *noble call*, uma tortura dublinense. Pronuncia-se um nome ao acaso entre o grupo dos bebedores e a pessoa continua o poema. Impossível escapar. Quando chega minha vez, mergulho em um embaraço profundo. Quando chega minha vez, um mal-estar tão intenso me invade que fico incapaz de cumprir meu ofício, de assumir a tarefa que cabe ao dublinense que sou. Meu problema se agrava pela multiplicação das sessões de tortura: os irlandeses, amantes do canto e da poesia, são particularmente afeiçoados à coisa. Eles não perdem a chance, cada um reacendendo minha dificuldade e fazendo-a crescer inexoravelmente. Único remédio que conheço: a bebida. Bebo, antes de recitar, no momento em que percebo, como o condenado que avança sobre a fogueira, que o suplício é incontornável. Bebo, para esquecer minha tristeza de estar no meio de todos esses homens que riem. Bebo para esquecer o homem que sou. Isso é bem irlandês.

Essa noite da Epifania já estava bem avançada e os garçons nos davam os casacos para que vestíssemos. Parecia o fim. Era preciso voltar – eis o mais penoso. Voltar no frio de janeiro. Passar na frente da igreja Saint-Pierre-de-Montrouge. Pegar a avenida de Orléans até o beco da vila Cœur-de-Vey, onde moravam os Duncan.

Mal passei pela porta, ouvi um cara me chamar, surgido como um demônio. Um homem com cara de cafetão. Cheirando à confusão. Um rapaz loiro, cabelo raspado, magro, com a blusa meio desabotoada, que me pediu dinheiro e fez sinal para que o seguisse. Não gosto que me interpelem. Quero dizer, mesmo quando se trata de alguém conhecido que encontro na rua, não gosto que me interpelem. Que assobiem para mim. Se isso me acontece, finjo não ouvir.

Foi o que aconteceu neste caso. Como não dei importância a ele e continuei a conversar com Alan e Belinda, ficou agressivo. Seu passo instável indicava que estava nervoso e era, de longe, o mais bêbado de nós. Então, quando chegou perto de mim, reiterou seu pedido desagradável nesses termos:

Não seja mão de vaca, me dê algum dinheiro. Eu te recompenso, arrumo uma garota de graça.

    Ele me importunava. Eu lhe disse, primeiro com calma, depois com firmeza, para ir embora. Ele não foi. Continuou a agitar os braços e a despejar sua fala incessante. Dei um passo adiante, na direção dos Duncan, aos quais havia pedido para continuarem andando. A faca, fixa em sua mão, susteve meu impulso. A lâmina saiu com um jato de sangue. Tentei gritar e caí na calçada.

    Nada mais. Escuro. Nos momentos que se seguiram, tudo se passou sem mim. Arrastado como um morto satisfeito.

RELATÓRIO POLICIAL
11 de janeiro de 1938

Após uma agressão à faca ocorrida na noite de 6 para 7 de janeiro no cruzamento da avenida de Orléans com a rua Rémy-Dumoncel, realizamos essa manhã, por volta das 11 horas, a prisão do chamado Prudent, de nome Robert-Jules.

As fotografias permitiram às testemunhas, Alan e Belinda Duncan, assim como à vítima, Samuel Barclay Beckett (cidadão irlandês, 32 anos, escritor, morador do décimo quarto *arrondissement* de Paris há seis semanas, no Hotel Libéria, Rua da Grande-Chaumière, número 9), o reconhecimento do agressor de maneira formal.

O indivíduo foi apreendido em um hotel na avenida do Maine, número 155, onde usava o nome de Germain Prudent. Mecânico, 25 anos, já é conhecido da polícia por proxenetismo. Após seu delito, alugou um quarto no hotel e lá ficou escondido – conhecidos vinham, todos os dias, trazer mantimentos.

Levado, nesta manhã, à delegacia de Petit-Montrouge, confessou os fatos.

Inspetores Manonvillers, Berthomet,
Grimaldi e Vaizolles.

Quando finalmente abri os olhos, estava em uma ala comunitária. O pátio dos milagres. Havia por toda parte: doentes, camas, doentes amontoados nas camas. Alinhados ao longo, ao largo e até no centro do recinto. Estilhaçados, agonizantes, contorcidos. Gemidos por todos os lados. Cabeças enfaixadas mostrando apenas os olhos, o nariz e as bocas gemendo. Eu sofria. Tentei me endireitar sob os lençóis ásperos. Impossível. Os doentes berravam à minha volta. Queria ir embora. Escapar da multidão sofredora cujos gritos aumentavam ainda mais minha confusão. Eu não me lembrava. De nada.

Esperava que um alarme qualquer me tirasse desse pesadelo. Procurava um sinal que pudesse me indicar, com certeza, que ainda estava vivo. Eu sofria. Era o sinal, estava vivo.

No fim da grande sala, uma capa e um chapéu escuros começaram a dançar ao redor dos uniformes brancos. Uma silhueta de inseto que voou em minha direção.

– *So... You're awake?*

Suas mãos levantaram os óculos redondos que cobriam seus olhos. Incapaz de juntar meus pensamentos, eu continuava calado. A dor se misturava à minha raiva de estar ali, preso à infelicidade dos outros que assistiam à minha. Joyce sentou-se na cama – o rosto radiante, seus olhos sorriam tanto quanto seu pequeno bigode, parecia divertir-se loucamente...

Na tarde do mesmo dia, quando a doutora Fontaine entrou na sala em que gemia, houve uma conversa séria com o homem da pena. Ele tinha trocado sua capa por um casaco de pele que, aberto sobre um colete, deixava entrever uma camisa branca e uma gravata fina listrada em amarelo e preto. Ele abraçava pelo lado direito uma pequena luminária. Observava-os de minha cama como se estivesse no teatro. Joyce havia tirado o chapéu que segurava em sua mão esquerda; sua cabeleira volumosa penteada para trás formava um montículo grisalho que pairava sobre seu rosto magro. Eu via que ele gostava muito dela. É preciso dizer que ela cuidou de seus olhos doentes por muito tempo. Os olhos são o que um escritor tem de mais caro. Infelizmente não havia nada a ser feito. Um dia, por desespero, ela sugeriu até mesmo tentar as sanguessugas. Tanto que, quando vim visitar o pobre Shem (é assim que o ingrato que eu era gostava de chamar o homem da pena pelas costas), os bichos pulavam por todo o quarto. As sanguessugas pulavam, Shem gritava, de quatro sobre o chão, seu filho Giorgio tentava juntá-las. Algo completamente maluco. Essa mulher é uma maluca. Então não fiquei muito calmo ao vê-la dirigir-se a mim. No entanto, tendo a consciência de que tinha que aceitar meu destino, fiz o melhor para não deixar nada transparecer.

– Senhor Joyce, achei um quarto para seu amigo, mas será totalmente por sua conta – ela disse.

Viva! Joyce me saudou fazendo um aceno com o queixo. Em silêncio. Ele me mostrou a luminária e um manuscrito que acabava de tirar de seu colete. Enquanto me transportavam para a solidão que eu tinha desejado tanto, só pensava em uma coisa: recuperar-me.

SALA DE ADMISSÃO DO HOSPITAL BROUSSAIS
Paris, 21 de janeiro de 1938

Sr. Samuel Barclay Beckett
32 anos
Altura: 1.82 m
Peso: 72 Kg
Nacionalidade: irlandesa

O paciente foi transportado de ambulância até o hospital, na noite de 7 de janeiro de 1938 por volta das 4 horas da manhã, após uma facada com ferimento na pleura, levando à perda de consciência.

Ele acordou espontaneamente no dia seguinte. Sem poder ser deslocado, o paciente não pôde fazer a radiografia dos pulmões até 17 de janeiro. Esta confirma o diagnóstico de sangramento pleural que deve ser reabsorvido sozinho. A pleura está em processo de cicatrização. Os pulmões estão intactos.

O paciente receberá alta amanhã, dia 22 de janeiro, com a prescrição de antinevrálgicos e repouso. Consultas regulares estão previstas com o Dr. Fauvet ou comigo mesma no Hospital Broussais, com radiografias de acompanhamento e utilização de ventosas.

Dra. Thérèse Fontaine,
médica dos hospitais de Paris.

No Tiers-Temps
4 de agosto de 1989

Eu respeitei as instruções ao pé da letra. Uma placa azul e amarela pregada no meu banheiro explica os detalhes.

> OS RESIDENTES SÃO OBRIGADOS A RESPEITAR
> AS REGRAS ELEMENTARES DE HIGIENE
> E DE LIMPEZA CORPORAL
> COMPATÍVEIS COM A VIDA NA INSTITUIÇÃO.
>
> A DIREÇÃO RESERVA-SE O DIREITO DE INTERVIR
> JUNTO AOS PENSIONISTAS SE NECESSÁRIO.

Até aqui foi tudo bem. A cor salobra do meu banho testemunhava minha boa vontade e a utilização incontestável de um sabonete. Pequenas manchas esbranquiçadas ainda flutuavam na superfície da água que esfriava. Para sair da banheira era outra história. Era preciso calcular a operação de antemão. Medir os ângulos. Meu primeiro objetivo consistia em atingir, na outra ponta da banheira, a cadeira. Neste ponto, as indicações são inequívocas: a saída do banho passa por uma "transferência para a posição sentada sobre o assento de plástico fornecido para este objetivo".

Graças ao sábio sistema elaborado por seus fabricantes, a referida cadeira ficava suspensa acima da banheira. Invenção formidável dos engenheiros a serviço dos decrépitos. Então agarrei a barra. Havia duas barras: uma fixa na parede, a outra na borda da banheira, as duas fazendo parte do protocolo de transferência descrito acima. Então me levantei e aterrissei bruscamente sobre a cadeira. Sucesso modesto. Embora tenha chegado com segurança, preciso dizer que minhas bases sentiram a pancada. Certamente calculei mal a velocidade da aterrissagem, ou melhor, da alunissagem. Preciso confessar, ao mesmo tempo, que meu traseiro – em grande parte constituído de ossos extraordinariamente pontudos – não foi de grande ajuda. No entanto, parece-me essencial precisar que a referida cadeira não era confortável. Longe de ser uma *bergère*, era sobretudo íngreme. Digo isso pois não estou mais acostumado com nada íngreme esses dias. Enfim, adiante.

Uma vez na cadeira – na cadeira suspensa –, não me sentia tão mal. Eu gostava de ficar pendurado assim, as pernas ainda mergulhadas no caldo de sabão, que me fornecia exatamente o calor necessário para que eu ficasse confortável. Eu ficava assim por um tempo. As panturrilhas imersas. Os dedões murchos. Os pés sobre as rochas de Forty Foot. Eu via meu pai que mergulhava do promontório "reservado aos homens". Meu irmão e eu íamos em seguida. A excitação da queda afogava-se na água gelada como a morte. Nadávamos, magricelas. Os olhos fixos na baía. Revigorados pelo mar da Irlanda. O mar gelado.

Sandycove, Glenageary, Dún Laoghaire. Eu recolhia pequenos seixos. Enfiava nos bolsos. Guardava tantos que meus bolsos ficavam esburacados e minha mãe ralhava. Minha mãe era fria. Eu fazia de novo mesmo assim. Não conseguia parar. Enchia de pequenos seixos lisos meus bolsos furados. Eles deslizavam inevitavelmente pela minha calça, pelas minhas pernas. Caindo sob mim; como se eu os tivesse feito. Eu logo recolhia novos. Dezenas de seixos, a ponto de explodir os bolsos. Achava que eles fossem preencher os buracos. Os seixos começavam a chover na grama. O amontoado de pedras formava uma pequena sepultura. Um túmulo em miniatura. Aquele da Irlanda que eu deixava a meus pés. Aos pés da torre.

Parece que hoje a torre se chama Joyce. A torre James Joyce.

Introibo ad altare Dei

Este é seu começo. Eu comecei mal – meus inícios deixam a desejar. É importante começar bem. Tive um mau começo na Irlanda. Além disso, eu tinha a obrigação de voltar para lá. Várias vezes. De tanto partir não voltei mais.

Era preciso pensar em uma saída. Até os melhores banhos têm um fim. Ajustei minuciosamente a trajetória das minhas pernas e me virei para atingir a escadinha para os velhos, colocada na frente da banheira. Estávamos longe das dançarinas de Degas subindo uma escada, suas pernas ligeiras tocando de leve o chão que lhes conduz ao espetáculo. Estávamos longe disso. Muito longe.

•

Essa manhã, um indivíduo não identificado entrou no meu quarto. O ajudante do tipo que normalmente me ensina a ficar de pé. Parece que isso estava previsto. Bom. Mal entrou na minha toca, já deu o tom:

– Senhor Beckett, vamos fazer um pequeno teste de equilíbrio. – Ele achou que seria bom me tranquilizar acrescentando: – Não se preocupe, é fácil, é só fazer o que eu digo.

Primeira encrenca. Sim, ocorre que desde minha infância, toda vez que me pedem para fazer algo de certa maneira, tenho a impressão de fazê-lo imediatamente, respeitando escrupulosamente as indicações quando na verdade não é nada disso. Pode até ser que, por um acaso extraordinário, comece a fazer, sem mesmo me dar conta, o exato inverso do que me foi pedido – o que, entendo, pode dar a impressão de que não estou nem aí. Na maior parte do tempo, não é nada disso. Eu tento fazer direito. Mas os gestos não obedecem. Eles contrariam minha boa-fé. Mergulham-me em correntes contrárias e me deixam naufragar em um oceano de contradições. Muitas vezes paguei caro por isso na minha infância. As orelhas ainda me ardem. Muitas vezes paguei caro. Não é culpa minha. Eu era um pé no saco – *a pain in the neck*, como diziam lá em casa. Um estorvo. Um verdadeiro estorvo. Sou o primeiro a lamentar, sem poder fazer grande coisa. Assim, consciente deste defeito congênito, não abordei o famoso teste com o mesmo entusiasmo transbordante do meu interlocutor – entusiasmo que eu relacionava à ignorância crassa das provações que a existência nos reserva e que nos deixa pouca capacidade de entusiasmo. Adiante.

O entusiasta era muito imponente, peludo como um yeti, os pelos saindo da blusa apertada. De sua laringe saía uma voz tonitruante que articulava uma língua cujas nuances eu não tinha certeza de apreender. Ele teve o cuidado de pegar um caderno grande, no fim do qual pendia uma caneta vermelha transparente retrátil, antes de pronunciar a seguinte frase enigmática:

– Vamos, senhor Beckett, teste de equilíbrio: escala de Berg. – Ele achou bom completar com a fórmula seguinte: – *Partiu, piu piu!*

Ainda sem entender as explicações precisas, nem sobre o *piu piu* evocado nem sobre os prós e contras exatos da manobra que eu teria que executar, decidi, em um primeiro momento, passar por cima da falta de cerimônia do urso (talvez fosse ele, o *piu piu* em questão? Começava a pensar nisso), considerando que havia, em suma, uma certa coerência entre a mente do animal e sua aparência.

Ainda estávamos no começo das apresentações quando o animal voltou à ativa, sugerindo um monte de acrobacias às quais me submeti com a fé inabalável de um coroinha.

– Senhor Beckett, tente levantar sem usar a ajuda das mãos, por favor.

Eu tentei, antes de me segurar por pouco. Nova tentativa. Novo fracasso. Nada melhor.

– Deixe-me verificar: pode levantar sozinho, mas com a ajuda das mãos. Vamos continuar, de novo.

Deus nos salvou de outra rima daquelas.

– Agora tente ficar de pé por dois minutos sem o apoio. Solte as mãos... Isso. Nada mal, senhor Beckett! Vamos fazer o mesmo com os olhos fechados.

O animal me tomava por uma ninfeta recém-inscrita em seu curso de ginástica? Os braços pendiam – evidentemente não era o momento. Realmente não era o momento. Eles tinham que entrar, eles também, nessa dança macabra à qual eu me entregava sob as ordens do meu torturador.

– Levante os braços a noventa graus. Estenda os dedos e estique o máximo possível. Preste atenção no apoio, senhor Beckett, cuidado para não cair.

Estou entre os que caem, eu pensava. Entre os que despencam, que rolam sobre os móveis, deslizam sobre os flancos das colinas. Aprecio o precipício. Vejam, uma aliteração. Sempre apreciei os precipícios. Em Foxrock, eu me deixava cair do topo dos cimos, esperando que os braços acolhedores do grande abeto – última rede – me segurassem *in extremis*. Antes da queda, ouvia o vento lá em cima, as agulhas do abeto que tremiam. Eu me balançava com elas, cada vez mais forte no ar, pássaro sem penas, até onde o impulso me levasse. Eu caía e caía de novo. Sempre ressuscitava. Terminava e começava. Mil fins dos quais eu voltava ileso. De algum modo, inapto para morrer.

Enquanto o olibrius me deu a última instrução, sua voz se misturou ao barulho dos galhos que minha ascensão acabava de agitar. Sobre a grande árvore, a avenida Kerrymount e Cooldrinagh se ofereciam mais uma vez à minha vista e à minha vertigem. Estou entre os que caem, pensava. Enchi meus pulmões e cedi ao maior prazer que já havia experimentado. Os braços acolhedores ainda me seguravam. Inapto para morrer. Má queda. Ainda não é o fim.

•

Ontem, quando a hora prevista para o passeio chegou e eu me preparava para colocar minha jaqueta, levei uma bronca – retorno à infância – de uma mulher chamada "Jacqueline" (a não ser que seja Catherine, tenho o costume de confundir esses dois nomes). Ocorre que a senhora, e este foi o ponto de partida do meu julgamento, me acusava de ter enchido os bolsos da minha calça com os biscoitos do café da manhã. Mania detestável. Além de não me alimentar o suficiente, pratiquei um desperdício "escandaloso", ela me disse, a presença de biscoitos dentro dos bolsos tinha gerado toda uma série de problemas cujas consequências eu nem imaginava e sobre as quais convinha informar-me em detalhes.

O regulamento previa que "a roupa pessoal é lavada e passada no estabelecimento", minha calça carregada de biscoitos havia aterrissado, sem ter sido revistada antes (falta de tempo, ela disse, "imagine se tivermos que fazer isso para todo mundo" etc. etc.), no meio da roupa dos outros. Sendo assim, minha calça havia sujado os trapos dos meus semelhantes com migalhas e teria, sem nenhuma dúvida, danificado a máquina de lavar do Tiers-Temps, por assim dizer, nova – já que comprada há somente dois meses –, se o funcionário da manutenção não tivesse realizado uma limpeza dos filtros logo em seguida. A coisa era imperdoável e não poderia se repetir.

Tomando consciência do tamanho do problema pelo qual era culpado, mesmo sem perceber e julgando que seria impossível sair de outra forma, decidi pedir minhas mais sinceras desculpas. Infelizmente, não tive tempo. Visivelmente feliz em criar briga, a promotora estava afiada. Ele me fez notar – caso eu quisesse questionar suas acusações – que, sendo a roupa pessoal cuidadosamente marcada com o nome dos residentes (artigo 12.2 do regulamento interno, excerto do capítulo "Roupas e materiais diversos"), ela detinha, como prova irrefutável do meu delito, a calça etiquetada "SB".

Foi além da conta. Muitas palavras ineptas. Decidi ficar ali. Minhas pernas não me permitiam mais fugir em caso de perigo ou desentendimento imediato, por isso fui forçado, há alguns meses, a pôr em prática o seguinte subterfúgio. Em caso de importunação, a única verdadeira arma dos velhos é morrer ou proceder a uma retaliação passiva. No que me concerne, estando infelizmente incapaz de comandar a primeira, eu pego meu oxigênio, deito na cama, finjo um grande cansaço e fecho os olhos. Efeito imediato. O agressor vê-se forçado a baixar o tom, em particular se fizer parte da equipe e, na melhor das hipóteses, acaba calando a boca. Foi o que ocorreu. O dragão envolto em sua blusa verde-maçã terminou sua frase e saiu. Coloquei a mão no bolso e senti as migalhas na calça do dia. É isso. Compartilho meu café da manhã com os pombos ou com qualquer ave que passe. Isso é repreensível? Em Greystone, eu jogava as migalhas pela janela da cozinha. A casa ficava no trajeto do cemitério de Bray Head, eu via as gralhas passarem com os bicos apontando para o norte. Jogava as migalhas, apenas algumas silhuetas redondas de tordos ousavam se aproximar. Na sala, ouvíamos os ruídos da TSF como música. Um dia, ela fez a guerra chiar em nossos ouvidos. Nos ouvidos da minha mãe, nos meus. Chamberlain anunciava a guerra na sala.

We and France are today, in fulfillment of our obligations, going to the aid of Poland, who is so bravely resisting this wicked and unprovoked attack on her people.

May olhava na direção do cemitério de Bray Head, enquanto eu me preparava para partir. Em direção ao perigo, o bico apontando diretamente para o continente. Sempre adiante, como de costume, rumo aos problemas.

•

De maneira geral, quando me preparava para partir, sempre havia um acontecimento – uma espécie de mão invisível – que parecia me segurar. Por muito tempo acreditei que era minha mãe. A mão seca e fria de May que orquestrava as coisas em silêncio, de forma que toda uma pilha de obstáculos vinha barrar minha partida. Neste dia, minha mãe escondia-se sob os traços de um funcionário de Newhaven onde eu acabava de desembarcar com a ideia de entrar na França. Eu a reconhecia sob o boné do agente impedindo-me de partir, colocando-me a serviço do país cujos costumes – bons ou maus – eu havia adotado melhor que ninguém – ao pé da letra. *Ao pé da letra*, eu lhe disse. Ele não quis ouvir nada.

– Seus documentos? – ele disse.

Eu não tinha a autorização de saída do território que os outros passageiros mostravam a cada vez; ele não ouviria nada. Lendo a menção "irlandês" em meus documentos, o burocrata sentiu-se subitamente inspirado. Seguiu-se uma conversação de alto nível sobre uísque, o trevo irlandês e a Trindade. Aguentei o mais serenamente possível o suplício que me era imposto. É preciso dizer que os calados como eu possuem, em geral, uma propensão inacreditável a encontrar pela frente indivíduos com um dom peculiar consistindo em dizer muito pouco com um número incalculável de palavras. Eu esperava a liberação, uma saída, o que fosse. Ainda que muito reservado sobre a questão, evoquei a hipótese de um milagre, já que minha situação estava irregular. Isso aconteceu – Deus sabe por quê. O carimbo bateu. Jamais se viu um homem mais feliz que eu por entrar em um país em guerra.

– Senhor Beckett, se quiser sair, é agora, depois é hora do almoço.

A porta estava entreaberta. Nada de dragão à vista, o caminho estava livre. "Vou correr", pensei, apoiando-me com dificuldade sobre a mesa. Depois escapei, as mãos sobre meus bolsos cheios. Cheios de biscoitos.

•

Voltando de minha pequena viagem (uma hipérbole!), uma nota datilografada me esperava sobre a mesa. Endereçada a nós, os outros "residentes" – em letras grandes. Por que não "coisas velhas que vagam pelos corredores, agarrando-se às paredes, e gastando o linóleo com suas bengalas. Reis do andador. Apóstolos do sofá. Fênix de gaiola"? Não sei, um pouco de fantasia, caramba! De vocabulário. O fato é que a suma sacerdotisa do Tiers-Temps – aliás, charmosa, e que gosta de Schubert, ao que parece – dirigia-se aos residentes que somos sobre uma história de televisores. Sua prosa começava assim:

> "Os residentes podem carregar seus aparelhos de televisão e rádios pessoais, no entanto, a intensidade do som deverá ser regulada de modo a não gerar nenhum incômodo aos outros residentes."

Até aqui nada a dizer. Se tenho algumas reservas com relação à viúva de coque que me serve de vizinha – conversas mantidas em voz alta com ela mesma e tendência a agitar-se de manhã cedo –, agradeço aos céus por não sofrer, de acréscimo, pelo barulho da televisão. A colônia dos portadores de aparelhos auditivos é, devemos reconhecer, acompanhada de perto pela "equipe" e regularmente encorajada a se deslocar para a sala comum para assistir seus programas com toda a cordialidade. O que me convém muito bem.

Não possuindo televisão no meu antro, passo rapidamente pelo parágrafo consagrado à "entrevista e controle dos aparelhos para amenizar o risco de acidente (fogo, implosão)". Bem como sobre as taxas de conexão e outros benefícios.

Olha, vejo que uma *nota bene* foi adicionada ao fim da página. Incomum.

"Na ocasião do Campeonato de rúgbi das V Nações retransmitido atualmente na televisão, o estabelecimento coloca à disposição dos residentes que desejarem televisores portáteis em branco e preto – em troca de uma caução. Eles poderão deixar o aparelho em seus quartos, durante o tempo do programa, e deverão devolvê-lo em seguida à recepção. Com nossos agradecimentos. Cordialmente. A Direção."

Jesus! E eu que ainda proclamo meu ateísmo!

•

[Aparelho de televisão]

"Oh, vai até o fim! E o try *de Serge Blanco entre as traves! Extraordinário! Os franceses completamente de volta ao jogo! Em alguns minutos! Um* try *do fim do mundo mais uma vez! Com um lance de Franck Mesnel em seus vinte e dois metros, que chega nas mãos de Serge Blanco por um milagre! Terceiro* try *para os franceses nesta partida! Que* try *da equipe da França! Teríamos uns quinze passes em cima dessa jogada e no final da jogada de Serge Blanco todo um significado. Ele acaba de marcar seu vigésimo quarto* try *do torneio. Isso quer dizer que ele virou o melhor marcador da equipe da França all time!*

Vamos rever o lançamento de Franck Mesnel e o revezamento na frente. Portolan, muito importante nessa jogada, como podem ver, está na linha do meio. O lançamento de Blanco, Carminati, Lafond que evita um tackle*; ele encontra Blanco,*

Rodriguez... E vejam quem aparece! Portolan de novo, cinquenta metros distante, e os irlandeses estão fora de posição... Atenção, o porco está no milho![3]

E bola para os irlandeses. Aherne conduz mal a bola, recuperada por Berbizier, muito bem! Com Carminati que tem a ajuda de Ondarts; Ondarts no comando. Ele voltou bem, bola para Berbizier, Berbizier para Mesnel, a bola vai até Blanco, Blanco para Lagisquet... Meu Deus, a corrida de Lagisquet! Será que ele vai até o fim? Sim! Outro try *para a equipe da França! E a equipe francesa passa à frente no placar! Que reviravolta!*

A transformação de Jean-Baptiste Lafond que também passa! Dois pontos a mais! E a França com vinte e seis contra vinte e um da Irlanda, com menos de sete minutos de jogo. É extraordinário, estava quinze a zero! Esteve 21 a 7. Que virada! E acabou! Mal posso acreditar!"

Jesus Cristo de bicicleta! Eu também mal posso acreditar! Idiotas dos trevos! São bons para colher batatas! O porco está no milho! Ah! Descreveu bem. Campo cortado até a raiz. Preparam-se para passar fome. Não é a primeira vez. Todos descendentes de esfomeados, sobreviventes da batata. Não perceberam o perigo?

Meu Deus, se eu ainda tivesse pernas. Eu não era um mau corredor, outrora, quando as tinha. Corria como um coelho, com meus gambitos elásticos. Número doze ou treze. Sempre no centro. Pronto para jogar com os pés e as mãos. Desviando pelas bordas – conhecido por desviar. Os joelhos para os céus, olhos na grama, preparando meu mergulho, procurando as panturrilhas para caçar, emboscar. Pronto para me jogar no chão, me esticar por inteiro. Até que o esteio desmoronasse, as mãos se abrissem, impotentes, e deixassem a bola escapar.

---

3   Referência à expressão *"Le cochon est dans le maïs"*, típica do rugby em francês, indicando um momento difícil e de possível virada no jogo. [N. T.]

Tique-taque, à direita, à esquerda. Eu desviava de quem vinha e saltava de novo. Correndo na névoa até que uma sombra parasse minha corrida insana, agarrasse minha cintura e me fizesse morder a grama rasa. Soterrado na massa do colosso, rezava para que a partida terminasse. Para que anunciassem o fim. Depois desmoronava no chão, jurando que seria a última. Todas pareciam ser a última, mas infelizmente, nunca era.

No Tiers-Temps
5 de agosto de 1989

Agora há pouco, a enfermeira Nadja (que nome!), com seus belos *olhos de avenca*, veio bater na minha porta. Ela estava preocupada comigo por causa da minha alimentação. Ou melhor, por causa da minha falta de alimentação.

Magro como um prego, ela me diz. *Nenhuma novidade*, eu respondo. *Skinny as a rail*, dizia minha mãe. Tão magro como um trilho de trem, um galho, um pau-de-virar-tripa, uma vara, uma ripa de cama de pensionato. *Um esqueleto!*, gritava May quando eu colocava os shorts que mostravam meus gambitos e meus joelhos para dentro. Um homem em duas dimensões, tão fino quanto papel de cigarro.

Nadja não se intimidou com a minha resposta. Precisava de mais para impressioná-la. Não sei exatamente quanto, mas precisava de mais. Ela fixou seus olhos de avenca em meus óculos e anunciou, como se o evento fosse de uma importância considerável, que ela tinha *proposto ao médico uma revisão da minha alimentação*. E que ela desejava me *colocar a par* para que eu não fosse *surpreendido pelo novo conteúdo dos cardápios a mim destinados*. A boa leitura.

Deste ponto de vista, jamais entendi os hábitos daqui, considerando que o tempo a mais dedicado ao jantar era na verdade um tempo a menos dedicado a beber. Equação totalmente irlandesa, concordo. A comilança não é um dos meus eventos terrestres favoritos, outras carnes me eram mais caras. É isso.

Nadja começou sua exposição com algumas precauções oratórias, certificando-me de que *ninguém aqui colocava em dúvida minha capacidade de me alimentar de maneira autônoma*. Ela reforçou exageradamente "capacidade", como se fosse uma proeza, para um velho gagá como eu, comer sozinho. Insistiu sobre a "limpeza" com a qual eu comia, a destreza para manejar o garfo. Seguiu no assunto por um momento enquanto eu pensava sobre essa questão: como cheguei aqui? Como a existência me levou, de forma tão traiçoeira, a me transformar em um dos seus palhaços? Um dos meus palhaços. Um dos meus delírios. Um dos meus pesadelos. Samy-palhaço, cabeça inclinada sobre a sopa, quase sem dentes. O Lucky de Pozzo, sem esperar grande coisa. Eu me inclinava enquanto a bela prosseguia. Quando consegui penosamente voltar à conversa, os comentários tinham mudado de tom.

– Senhor Beckett, a equipe constatou que, há alguns dias, seus tremores o impedem de cortar sua carne, abrir seus potes de iogurte ou descascar suas frutas. E que o senhor deixa os alimentos na bandeja, talvez por medo de deixar de lado.

Como não retruquei, ela continuou, imperturbável:

– O doutor propôs uma adaptação de suas refeições e, em paralelo, a retomada dos suplementos nutricionais injetáveis.
"Veja seus cardápios de amanhã:
"Almoço: sopa de legumes enriquecida – Queijo ralado – Ovos mexidos misturados com leite – creme de baunilha enriquecido (suplemento nutritivo oral).
"Jantar: sopa de cereais + proteínas em pó – Purê líquido de legumes e batatas (leite + manteiga) – Compota de frutas + queijo branco."

Nunca o céu me pareceu tão baixo. A vida tão estreita quanto um gargalo. Eu observava Nadja e pensava na outra cujos olhos se abriram de manhã *para um mundo em que as batidas de asas da imensa esperança pouco se distinguiam dos outros ruídos, que são os do terror*.[4] Era terror que me causava a ladainha que eu acabava de ouvir. O terror tinha belos olhos de avenca, e zumbia nos meus ouvidos.

•

Após o almoço, dei uma olhada no caderno pendurado ao pé da minha cama. Momento de leitura revigorante. O senhor Beckett comeu direitinho sua comida, fez seu passeio, trocaram sua areia – histórias dignas da *Condessa Caca*. A vida do bípede registrada em um grande caderno verde enfiado em um envelope de plástico. Aqui estamos. Victor de Aveyron envelhecido, perscrutado pelas lentes do doutor Itard.

Algumas passagens não valem mais que amendoins: "o fluxo" do oxigênio e a sopa de cogumelos. Lembrar. Não estamos longe do lixo. Na verdade, é lá que estamos.

Ficha de apresentação sumária. Começo ruim. Falta de estilo. Podiam deixar mais claro. Precisar que o macho, velho, é de proveniência irlandesa, dotado de pelos grossos pretos e brancos. O que mais? O animal é solitário, mas pouco agressivo. Ele deseja, sobretudo, não ser incomodado.

Quanto ao resto, nada a dizer. A besta é examinada de todos os ângulos: velocidade de locomoção, adaptação ao ambiente. Preocupação incomparável com os detalhes. Avaliação de restos. Resultados pouco gloriosos: respiração medíocre, capacidade de genuflexão muito abaixo do esperado para um indivíduo criado na fé – mesmo protestante; completamente frouxo. Sempre as mesmas perguntas, sempre as mesmas respostas, inventariadas minuciosamente – arquivos oficiais da velhice.

---

4   Citação do romance *Nadja*, de André Breton (Breton, André. *Nadja*. Trad. Ivo Barroso. São Paulo: Cosac Naify, 2007, pp. 102–103). [N. T.]

Nada sobre a cara do velho. Há, no entanto, o que dizer: rugas intermináveis, pescoço de galinha, nenhum dente original. Um Goya, a pele sobre o esqueleto em um cenário obscuro, cinza e verde. O velho está diante de sua sopa. Sua mão caquética levanta penosamente a colher, sua boca fecha-se em sorriso forçado. Ele repete os gestos da refeição: a colher, a sopa. Seus olhos amarelados contemplam a sombra da morte que o chama. A sopa é servida, ele não a engole. Espera sentir-se melhor.

Conheço as folhas rosa. São as "fichas de deslocamento". Como vou, como venho. Onde e quem me acompanha. Com exceção de algumas voltas pelos quarteirões das redondezas, preciso que me arrastem, que me reboquem. Aliás, como estipulado no formulário, eu cheguei ao santo-abrigo em uma ambulância. Sempre de ambulância. É uma doença. O que quer que eu faça, acabo inevitavelmente em uma ambulância. Outrora na frente, agora atrás.

Antigamente eu atravessava Paris a toda velocidade, enquanto os feridos enrolavam-se em seus cobertores. Era a guerra, era preciso conduzir os aleijados, os mutilados, os moribundos. Rodei até a derrota. Até o colapso. Até as botas estalarem e racharem o chão. Até que eles tivessem tomado tudo. Até a noite. Resistentes, enganamos os inimigos – agentes PI ao serviço de Glória e de Sua Majestade. Enrolamos mensagens em caixas de fósforo. Passamos para os ingleses.

Um dia fomos enrolados. Foi preciso correr. O traidor chamava-se Robert. Robert Alesch, padre traidor. Grande pecador. Ele enganava por centavos e pregava de graça. Os amigos caíram. Eu parti. Para me esconder.

No Tiers-Temps
6 de agosto de 1989

As cartas de Lucia caíram das prateleiras. Elas estavam presas entre Wilde e Joyce, entre Kafka e Yeats. Rabiscos amarelados, papel murcho, datas da época em que Lucia escrevia atrás de portas intransponíveis. Entre duas injeções. Entre duas estações. Entre dois exílios. Nyon, Küsnacht, Ivry, Pornichet, Burghölzli... De asilo em asilo, Lucia deu a volta pelo purgatório. Eterna cativa.

Toda semana, eu ia à estação com tijolos róseos e merlões brancos de Orléans-Ceinture. Pegava o trem das 13h44 e chegava, uma hora depois, em Ivy. Lucia afundava-se lentamente. O claustro como túmulo. Pouco a pouco, as línguas se uniram. As palavras abandonaram-na. Todo mundo a abandonou. No entanto, ela ouvia vozes que falavam com ela, era o que me dizia. Eu também falava com ela. Ela não respondia. O que ela ouvia entre os gritos sufocados, camisas de força de silêncio? Não sei. Todos a abandonaram. Ela sentiu-os partir. Ela sentiu-se partir. Lucia perdida no deserto. Só restaram duas almas que ainda atravessavam as portas: a de seu pai e a minha. Seu Babbo Joyce e Sam. Dia 13 de janeiro de 1941 seu pai morreu – nada mais de Babbo, nada mais de Joyce. Era a guerra. Morto no meio dos mortos. Um a mais. Lucia leu no jornal que ele havia nos deixado. Que ele a havia deixado. Ela afundou-se ainda mais. Afundada no silêncio.

As cartas de Lucia ressurgiram, elas caíram da prateleira. Elas jaziam entre as capas dos livros. Entre Joyce e Wilde.

The wild bee reels from bough to bough
With his furry coat and his gauzy wing.
Now in a lily-cup, and now
Setting a jacinth bell a-swing,
In his wandering;

Todos eles partiram. Suzanne. Wilde, Joyce, Lucia. Todos eles partiram. Preciso me lembrar o tempo todo.

SEGUNDO TEMPO

CHAPTER ONE

No Tiers-Temps
9 de agosto de 1989

Novamente a louca da vizinha miando. Ela canta toda manhã enquanto se lava – e se esfrega A torneira também deve abrir sua garganta e puxar as cordas. Duas voltas à direita e temos: cantos de juventude, cantos de outono, xampu. De acordo com a temperatura do enxágue, a velha anima-se: quanto mais quente, mais alto e inversamente proporcional à intensidade da voz indexada sobre a taxa de umidade do ambiente. Ali empoleirada, a cabra velha varia a amplitude e o repertório: alternância de cantos alegres e tristes. E aquilo vaza, pinga, afunda como botas no lodo, atravessa a parede, acorda as amarguras. Até que o ralo entupa, que o canto da sereia seque, comemorando a queda em meio aos seus companheiros. Que o silêncio comece a rugir. O silêncio ruidoso da velhice em sua última morada. Depois da guerra, May ficava colada em sua janela. Ela não cantava – ela nunca cantou ou cantou muito pouco, talvez durante o trabalho, abrindo um pouco a boca, para fechá-la logo depois. Parada atrás de sua janela, ela não cantava, ela não fazia nada, ela deixava-se tremer observando as montanhas. Olhos grandes como pires, como aqueles que ela deixava tremer em suas mãos, contra os quais tilintava, sem querer, a colher do chá. Os olhos azuis de minha mãe devoravam o lado de fora. Ela os alimentava pela janela de Foxrock. Ela os alimentava com as cenas que observava. As idas e vindas. Os desfiles diante da janela da cabana nova. A cabana construída para seus dias de velhice.

Orientada e de frente para as lembranças. Sempre na estrada. *Prisão da memória*, ela dizia. Como o vento agita os galhos mortos, prestes a cair, aqueles que, leves, pousam sobre os vivos na esperança de que eles os segurem, as mãos trêmulas da minha mãe pousavam sobre a vidraça, esperando que ela as fixasse. Sem sucesso. O pulso de ferro era agora tão vacilante que o castelo do crepúsculo também vacilava. O vento da guerra que não teve vez em sua casa havia soprado mesmo assim, trazendo sobre as costas dos sobreviventes sua cota de tristezas incuráveis. Minha mãe não tinha mais idade. Ela era velha como seus vestidos, como o mundo. Uma maçã ressecada. Ela era a sentinela e tremia uma última vez antes de se petrificar diante de sua claraboia. O sorriso ausente, o murmúrio inaudível, esperando o fim.

Havia algo de bom. Mais do que antes. May transformada em serpente sem veneno, cabra sem chifres, heroína decaída. Irreconhecível.

Um dia fui ao quarto da minha mãe. Seu quarto insignificante com móveis de madeira perfurados outrora por cupins. Como descrevê-lo? Talvez começando pelo fundo e pela mesa reservada à toalete, coberta por um falso mármore branco, sobre o qual havia uma bacia de estanho. Aquela bacia encaixava-se em um vaso. Velhos rituais. Atos de lavar e urinar perfeitamente encaixados. E no ar, os odores empesteados de um corpo que se desfaz, que se arruína, que se perde em seus próprios gases, sob o olhar gracioso das flores que revestem a parede. Uma parede ao longo da qual havia uma cama cujo tamanho testemunhava sua castidade de agora. A solidão da viúva, casada com a morte. Em sua cama de cobre, cinza-esverdeada pela contaminação mútua, o colchão oxidado pelo seu antigo proprietário. Nada mais a ressaltar, a não ser a escuridão que saía do antro. Do antro da minha mãe, do seu seio. A escuridão de May que havia alimentado a minha, que havia semeado as *flores doentias*. Amamentado até a última gota de bile, fiquei por muito tempo deitado em seu leito de tristeza. Por muito tempo, acreditei que devia lutar contra os demônios que devoravam meu baço. Fazer calar as vozes melancólicas que murmuravam no meu ouvido. Mas nessa quinta-feira – acho que era uma quinta – a visão foi bem outra no quarto da minha mãe. Pela primeira vez, com os olhos adaptados à escuridão, a escuridão de May e a minha – a escuridão de May tornada minha – abriram-se sobre mundos soterrados. A visão era clara. Uma cena original, primitiva como uma janela aberta em uma paisagem nua, xérica, uma estrada no campo ao cair da noite tendo como saída apenas a promessa de uma aventura incerta e perigosa, evitada por mim até aqui. Um coveiro, não me restava nada além de cavar até penetrar. A arranhar até tocar o fundo. A penetrar na escuridão, acompanhar o túnel. Descobrir as carcaças prisioneiras e sacudir a poeira dos sonhos. Transbordando do fogo do limbo, estava à beira do precipício, bem à beira. Exaltado pela vertigem, o fundo se oferecia como o melhor dos remédios. O meu melhor. Como as sombras da manhã capturam ao mesmo tempo a escuridão da noite e a luz nascente, eu era um cavaleiro solitário sobre a montaria, embriagado de alegria e tristeza. Pronto para recomeçar. Para fracassar sobre as terras áridas e desertas de sobreviventes. Para me enterrar na areia de cabeça para baixo, cavando o chão com minha boca. Com uma língua que não era a minha.

No Tiers-Temps
11 de agosto de 1989

Acordado, esta manhã, pela minha amiga cárie. *Good morning Carry*. *Velha podridão*. Terceiro molar inferior à direita. O velho Sam cansado até os dentes. Desdentado como um galo. Mais francês que nunca.

Velha dor – nunca tranquila. Dor que convoca minha lembrança. Lembrança lancinante. Foi depois da guerra. Não foi uma panaceia. A fome ainda fazia os dentes doerem. Falta de mastigação. Desemprego técnico. Os dentes também estavam chumbados. Retomavam lentamente o trabalho, *nhoc nhoc* ao redor da mesa da família. Havia muito lá. Tortas de carne e cerveja, panquecas de batata, guisados à moda irlandesa.

Ao redor da mesa também havia muito. Quero dizer: havia muita gente. Era o tempo dos reencontros. MacGreevy, Jack e Cottie – os camaradas não haviam mudado. Eu era um pouco menos Sam: pálido, magro, com dor de dente. Enquanto eles, os camaradas, continuavam os mesmos. Em todo caso, mais que eu. Jack continuava o irmão de Yeats, estava no ateliê. Estava começando a pintar. Uma grande tela verde e azul-elétrico. Uma lenda céltica. Na tela, Jack pintou Diarmaid, soberano dos Infernos, soberano elétrico. Diarmaid fugiu com Gráinne, noiva de Finn. Na tela, Finn encontra Diarmaid e Gráinne. Diarmaid vai morrer. Logo antes, deitado no chão, ele espera o último punhado de água que Finn lhe concede. É o que Jack quis pintar. Esperança suspensa. Sede. Fim. O Diarmaid de Jack tem o rosto azul. Ele observa a água e sua esperança escorrer das mãos de Finn. O fim está próximo. É azul.

Sobre o barco, o azul do fim me seguiu. O azul do quadro de Jack. Quando cheguei em Saint-Lô – a capital das ruínas –, a morte ainda estava lá, dor lancinante. Maldito dente. Eu dirigia pelas ruínas e pela lama. Ambulâncias e caminhões da Cruz Vermelha. Nós levávamos a cruz para aqueles que não tinham mais nada para levar. Os desfalecidos, os acabados, os doentes seminus emaranhados nos escombros. A lama infernal da terra engolia-os. Eu dirigia, a toda velocidade, para Dieppe ou Cherbourg – as enfermeiras tinham medo de um acidente. Mas eu não tinha. Em Saint-Lô nunca tive. Estava quase sozinho nas ruas. Eu dirigia tão rápido que elas se agarravam na barra – na barra anti-incêndio – como se fosse a última barra da face da Terra. Elas agarravam-se e fechavam os olhos até a chegada. Eu acelerava para não ver o cenário através do para-brisa sujo. O espetáculo de destroços, cinzas e ruínas. Nada pior que as cinzas – poeira virando poeira, o ciclo infernal. Escórias da civilização submersa flutuavam na superfície de um lago escuro. Impressões pessoais, alguns toques de cor: coletes azuis de trabalho, botinhas marrons, cadeiras de palha destruídas. A pedra estava rachada. O reino das rachaduras. Saint-Lô destruída. Noventa e cinco por cento.

Eu sentia meus olhos racharem por trás dos óculos fundo de garrafa. Eles se abriam pela primeira vez sobre um caos que eu só conhecia em mim mesmo. A miséria estava ali, muito maior que a minha. Uma confusão de misérias entrelaçadas, fundidas no chão de Saint-Lô. As ruínas da guerra – detritos do Desembarque, da batalha de julho. Saint-Lô havia sido generosamente bombardeada. Ela carregou, em suas costas, toda a miséria. Primeiro a estação, depois a central elétrica. Saint-Lô sob fogos de artifício. Teatro dos torpedos e da reconquista.

Em nossa chegada – lembrança terrível –, as aves da desgraça pairavam sobre os torturados claudicantes que as ruas de Saint-Lô vomitavam às centenas. Quase mortos, vítimas inacabadas, nada mais que procurassem os cobria e nada mais os protegia. Nem mesmo a igreja decapitada. Nem mesmo as árvores carbonizadas. Nem mesmo os prédios que sobraram, suspensos ao sopro do vento. Não restava nada. Uma chuva interminável de lágrimas que o céu de verão despejava sobre a cidade. Despejava sobre Saint-Lô.

Nós, os samaritanos irlandeses, desembarcamos em um dia de agosto de 1945 para construir um hospital – enfermeiras, paramédicos, médicos sem remédios. Enfaixando feridas, derramando óleo e vinho. Os samaritanos irlandeses sempre derramam vinho. Sobre os outros e sobre eles mesmos. É assim. O vinho preenchia a noite, na hora em que as barracas de madeira que nos serviam de hospital dormiam. Onde os doentes dormiam. Uma das barracas estava forrada de alumínio – a sala de operações improvisada do doutor McKee. A sala dos milagres. Nos corredores, o doutor Arthur Darley – conhecido como A.D. – tocava violino. A.D. nasceu em um violino – o de seu pai deu a volta ao mundo cem vezes graças aos seus dedos. A.D. aquecia as barracas com violino e calvados. Bebíamos os calvados que as hordas de doentes lhe davam após cada milagre. A.D., humilde salvador, médico dos pobres de dia, bêbado de noite. Assim que a lua aparecia, os velhos demônios de A.D. tomavam forma. Tomavam a forma de prostitutas, transformando a miséria em prazer. A.D. ficava exultante até o amanhecer. Até o amanhecer, A.D. era um outro. De manhã, era novamente o *Doutor Darley*. Ele voltava arrependido para a *A vida dos santos* e seus pacientes. A.D. não estava sozinho nessa zona, estávamos todos. Em Saint-Lô era essa zona que nos sustentava. O fruto proibido que podíamos morder.

Está muito difícil morder hoje. Velhos detritos. Dentição expirada – capital das ruínas. Um conjunto coerente. Noventa e cinco por cento da cavidade destruída. Dor lancinante. Sempre as dores.

– Senhor Beckett, para o seu dente, vou colocar um Doliprane 1000 na sua bandeja. O dentista irá atendê-lo amanhã às oito horas da manhã. Você vai ver que ele é muito simpático.

Só faltava ele morder.

•

Ao amanhecer, na hora em que o dentista clareia,[5] encolhido no sofá, sei o que me espera. O suplício da broca girando em alta velocidade e o jato de água, como um xixizinho, que a acompanha. Preso aos meus pensamentos, recito em minha cabeça versos que há muito tempo me atormentam. Ronsard – sempre disse *Ronnesaw*, não sabemos até que ponto o "on" e o "r" são inatingíveis para um anglófono. O Graal do exilado. *Ronnesaw* soa em minha cabeça sobre um ar de turbinas apitando. É sobre Helena – é sempre sobre Helena.

Quando fores bem velha à noite, junto à vela,
Sentada ao pé do fogo enovelando e fiando,
Dirás, cantando os versos meus e te enlevando:
Ronsard me celebrava ao tempo em que era bela.[6]

Ronnesaw diabólico. Amargurado. Malvado. Poderia ter sido inglês. Nunca pude inventar malvados. Sempre loucos. Às vezes velhos. Nunca malvados ou não mais que um outro qualquer. No entanto, teria gostado. Teria adorado que os bons sórdidos

---

5 Brincadeira com o poema de Victor Hugo, "Demain dès l'aube", cujo primeiro verso é "Demain, dès l'aube, à l'heure où blanchit la campagne" ("Amanhã, ao amanhecer, na hora em que o campo clareia", tradução minha). [N.T.]

6 Primeiros versos do poema de Pierre de Ronsard, "Quando fores bem velha", na tradução de José Lino Grünewald. [N.T.]

viessem me visitar sobre a página. Que engrossassem o caldo até o fel. Não vieram.

Quando eu escrevia, quero dizer, quando escrevia feito um louco, foi logo após a guerra. Escrevia em minha casa, em Paris ou em Ussy. Meu método era o seguinte: me sentava à mesa de noite, imaginava uma orelha atrás de mim – uma grande orelha, acompanhada de uma boca, muito bonita – que me escutava. Ela escutava as palavras surgirem em minha cabeça, à medida que as escrevia, e me dava sua opinião. E eu a escutava. Eu lhe dava uma certa confiança, eu a escutava. Ela me dizia *não está ruim*, então eu continuava, eu escrevia: "Era numa estrada de uma nudez impressionante",[7] ela gostava muito, eu continuava. Às vezes, nem sabia mais se ela me escutava ou se eu a escutava e escrevia o que ela me dizia. Ela se tomava por mim – e eu também, tomava-a por mim. Era uma mistura. Era tanta mistura que, por razões que jamais soube explicar a mim mesmo, ela tinha certo sotaque dublinense. Não o *sotaque Dart*, isso eu jamais toleraria: o sotaque burguês, com uma pronúncia que começa nos abismos da garganta para falhar no nariz, não. O sotaque dos bairros do norte também não, que põe *fuck* no meio das palavras, que xinga com a boca fechada. Era um pequenino sotaque agudo que subia e descia. Um sotaque de velha dama. Um sotaque século dezenove. Esse sotaquezinho era perfeito para a prosa. Ela falava por mim, pelos desmemoriados, pelos aleijados de muleta, pelos acamados, pelos bandos de justiceiros, pelos agentes indispensáveis, pelas mulheres grandes e gordas, pelas assistentes sociais. Ela era tudo e seu contrário. Todos os personagens de uma só vez. Era agressiva às vezes. Isso não me incomodava. Era preciso que alguém botasse ordem na história. Ela era bocuda, o contrário de mim.

---

[7] Citação do romance *Molloy*, de Beckett. (Beckett, Samuel. *Molloy*. Trad. Ana Helena Souza. São Paulo: Globo, 2014, p. 25)

– Pode cuspir, senhor Beckett. Você pode bochechar no lavabo à sua direita.

Se isso lhe dá prazer. Não sou contra. Escarro com vontade. A alegria do velho fumante. O catarro desliza no lugar do molar. Minha língua cai em um buraco. No fundo à direita. Novo abismo.

Não mentiram para mim, o dentista era muito amável e satisfeito consigo mesmo – percebi, justo eu a quem tudo escapa, sobretudo os dentistas. *Um homem bonito*, Suzanne teria dito para me irritar. Irritava-me um pouco quando ela dizia *homem bonito* ou *que homem bonito*. Entretanto, eu a conhecia, sabia que sua intenção era me irritar. Isso deveria deslizar como água sobre as penas de um cisne flutuando sobre o lago de St. Stephen's Green, em um domingo de outubro, enquanto as folhas farfalham sobre seu pescoço. Não, tenho que confessar que não deslizava. Era, na verdade, o contrário. Incomodava, grudava em tudo. Aliás, é porque eu sabia que ela dizia *que homem bonito* com a intenção de me fazer subir pelas paredes que eu subia mesmo. E correndo. Como um atleta. Isso a atormentava. Era assim. Isso a atormentava e então ela dizia *que homem bonito* sobre o dentista ou qualquer outro, pensando em se vingar. Despejar a dose de ressentimento que minhas contravenções causavam. *Contravenções*, que palavra. Como se ela pudesse esperar outra coisa da parte de um sujeito que não acreditava em nada. Que tinha chegado à vida por acaso, ficado por negligência. Que havia fingido esquecer a solidão à qual estava condenado desde que perdera sua chegada ao mundo. Ele que flutuava entre os homens, nem bem nascido, nem bem morto. Ele que, mais sozinho que um rato, desejava estar além de tudo.

O *homem bonito* aproximou-se da poltrona de couro branco que acolhia generosamente minha pessoa com a máscara sob o queixo. Ele começou um longo discurso – sobre minha boca e seu conteúdo – do qual só ouvi a conclusão:

– Aproveitei a anestesia para retirar a amálgama que estava muito velha e extrair o dente. Vou colocar um implante em poucos dias, quando estiver cicatrizado.

Que homem bonito esse dentista. E que ourives. O mar da dor afastou-se. Revolta dentária extinta. Por um tempo. Enfim poderei dormir. Dormir, nada mais.

No Tiers-Temps
12 de agosto de 1989

[Lado do jardim]

Quem vamos colocar na Normandia? Senhora Mélinge, vai para a Normandia? Um, dois, três, quatro... Você? Quer a Bretanha? O Norte? Senhora Colard, fique ali. Senhora Lecoq, fique lá com os Bretões. Os times estão prontos. Duas bolas para cada. Senhora Colard, pode começar... Muito bem! Dez pontos. Vamos de novo sem valer. Formidável! Agora o disco, mesma coisa. Vamos fazer dois arremessos. Vamos, senhora Joffrin, um pequeno arremesso só pra brincar? Ah, UM, não é grande coisa, mas vale mesmo assim porque está na cor. Cinco, seis, sete, oito, nove, bravo, Bretões! Para as que preferirem, podemos jogar miniboliche e bilhar holandês no fundo do jardim...

Elas acabaram me acordando, essas galinhas tontas. Não me surpreende, é sábado, dia de feira. Animações para as tontas, bem embaixo da minha janela. Que horas são? Dez horas. Dormi bem. Sonhei. Sonhei com minha casa. Minha casa, os galos e os pomares. Colinas pintadas por Hayden, camarada tão querido, camarada perdido. Tabelião previsto para segunda-feira, certamente é isso. Sonhei com minha casa de Ussy-sur-Marne. Ussy, meu outro lugar. Andava pelas colinas com os bolsos cheios de balas. Esvaziava-os nas mãos das crianças dos pomares de Molien. Esvaziava-os até o último. Andava pela terra, a toda velocidade, como um louco. Andava por caminhos enlameados, a lama formava crostas na parte de baixo da minha calça. Andava sujo como um porco, enfiado em meu grosso suéter irlandês, feliz por me enterrar em Ussy – até o pescoço. Sonhei com minha casa. A casa branca. Nas trilhas das maçãs e das peras, na direção de Avernes ou Beauval, uma casinha em que fazia bem enclausurar-se. Antes dessa, houve outras – sempre há outras.

No mês de agosto, saí da Paris suja, da Paris do suor, por Ussy. Juntei-me a Hayden. A casa branca ainda não existia. Acampava no Café de Marne, na rua de Changis, em frente à igreja, em um lugarzinho. Hayden pintou o café. Interior escuro. Paredes verde-pistache. Balcão de madeira forrado com um tecido azul-celeste. Sobre o tecido, uma bandeja de feltro cinza e três dados. Jogos para as partidas de 421. Nunca joguei – só jogava xadrez com Hayden – mas me lembro. Às vezes observava uns tipos jogando os dados. Os grandalhões da vila. Jacques e seu irmão Dédé. Eles gostavam muito daquilo, acredito. Eu me lembro do 421, o amigo dos balcões, o vizinho das garrafas. Só era preciso jogar e rezar, *carregar* e *descarregar*.

Isso agradava Hayden, o tecido de feltro, os dados. Isso lhe agradava, ele os pintou. Ele também pintou o cinzeiro amarelo em forma de triângulo (amarelo-anis, se não me engano), os copos azuis pesados e as garrafas sobre o balcão. Ele os pintou e acrescentou seu cachimbo de madeira clara – aquele que tocava seu nariz quando estava em sua boca, fazendo seus olhos brilharem como a lava no meio de um vulcão enfumaçado. A luz de Hayden, claridade deslumbrante, sol bege nascendo da sinfonia do verde das montanhas médias de Marne. Hayden era o dia e eu a noite.

Eu sempre voltava à Ussy. Voltava quando o sol e meus nervos batiam forte. Mais ao café. Em uma casa. A casa Barbier, alugada por alguns centavos. Hayden nunca estava longe, a algumas pedaladas. O Hayden do Marne, refugiado com Josette. Sempre refugiado. Durante a guerra foi em Roussilon, região do Apt. Roussilon onde tudo é vermelho. Eu e ele, companheiros de esconderijo. Estrangeiros anônimos em suspenso, empoleirados na colina, trabalhando na terra, mijando na serragem do barril. Hayden também pintava durante a guerra. Ele pintou em Roussilon. As casas, as colinas, as trilhas vermelhas e ocre – o vermelho dos mortos que a guerra havia pendurado sobre nossas costas, Hayden havia pintado. Ele seguia o vermelho das pedreiras do imenso depósito ocre. O vermelho que a areia diminuía, o tom ocre, Hayden colocou-o sobre a tela. Sobre as telas feitas de lençóis. Feitas com suas mãos. Em Roussilon, minhas mãos trabalhavam no campo, nas vinhas. Eu transportava caixas de uva, escritor em suspenso. Corria atrás de carne, de alguns pedaços de carne. Escrevia com dificuldade, apenas alguns cadernos. Uma pausa. Está voltando.

Imperceptivelmente, a lembrança de volta. Escriba laborioso, suando como um bovino que puxa sua carroça de manhãzinha. Cavando meu pequeno rastro. De volta. Em Ussy, eu penava em minha mesa. Lugar querido. Em Ussy, encontrei a pena mais bela de minha asa. Era a de um cisne negro.

Vamos lá! Puxa... De novo, senhora Mélinge. Muito bem! Cinco e três, oito e dois, dez. Sua vez. Viva! No alvo! Cinquenta!

Então o miniboliche... Senhora Joffrin, tem que deslizar a bola grande pelo tobogã – isso – para derrubar todos os pequenos pinos no fundo do tabuleiro. Muito bem! Só tem dois. Preste atenção na posição dos dedos, tem que empurrar a bola, não o tobogãzinho.

As tontas cacarejam. É bem isso. Outras piam, cantam, zumbem. Essas cacarejam e fofocam. Tempo de caça no jardim. A palavra exata. Tenho que confessar, sou um *voyeur*. Fico escondido atrás das cortinas da minha incubadora, janela para o pátio. Pulsão escópica irreprimível. Perversão do escritor, eterno adolescente, *voyeur* maldito. Outrora eu observava Suzanne. Suzanne no piano ao lado de seus alunos, agitando as pernas impacientes. Suzanne correndo pelas calçadas de Paris, rua Bernard-Palissy, com meus manuscritos no bolso. Suzanne aborrecendo-se em silêncio enquanto o vice-prefeito, com sua echarpe, a tornava Beckett.

Suzanne não gostava muito de Ussy – só do jardim. Ela não vinha muito, só de vez em quando. Nos dias felizes. O trem até Meaux, uma hora e dez. Em seguida, andávamos dezessete quilômetros para chegar a Ussy. A bagagem leve. Não era desagradável.

Nos dias felizes, as bolinhas da sorveira, a árvore das frutas vermelhas, atraíam os tordos, as toutinegras, os chapins. Os pássaros esvoaçavam do castanheiro ao bordo negro. Não estavam sozinhos, bestas entre bestas. Alguns metros abaixo, a tropa maldita dos *soricomorphos cegos* – conhecidos como toupeiras mediterrâneas – invadia o jardim. A sociedade secreta dos escavadores ganhava o subterrâneo com suas garras a cada dia. Acabaram alojando-se ao pé da minha tília. Dezenas de montinhos de terra, montículos de húmus revirados formavam a acrópole dos invasores de Ussy no meu jardim. Tentamos de tudo. Golpes de enxada. De ancinho. Nada a fazer. *Estamos no campo*, dizia meu vizinho Jean. Ele conhecia as toupeiras, também havia delas nos campos ao redor de sua fazenda. Jean queria fazer direito. Queria me agradar. Usava grandes estratégias. Sentava-se em uma cadeira dobrável, diante da tília, com o rifle na mão. Esperava. Esperava que escavassem. Espiava com a arma pronta. Não acontecia nada. Nada enquanto Jean estava sentado com seu rifle apontando para o alvo com o ouvido atento ao menor barulho. Jean voltava do jardim com as mãos abanando, cadeira dobrável nas mãos, rifle a tiracolo. Um dia, mudou sua estratégia: toca cheia de naftalina, minada de bolinhas brancas. O cheiro era forte e as toupeiras não mordiam. Nenhuma vítima declarada. Novo fracasso. Jean não desistiu – guerra sem misericórdia. Buscou munições na cooperativa. Veneno mortal dissimulado em vermes – aperitivos para as toupeiras. As toupeiras cegas não viram nada – visão estreita do mundo, reduzida a uma simples barriga. Ele encheu os buracos. As toupeiras comeram tudo. Pecado da gula. Pecado mortal. Fim das toupeiras.

Nos dias felizes, Suzanne sentia vontade de ir ao jardim de vez em quando, respirar ar puro e oferecer seus seios ao sol. Suzanne pulava cuidadosamente os montinhos de terra, cadeira de vime trançado nas mãos, chapéu de palha com uma fita preta na cabeça. Uma vez instalada, ela relaxava e começava uma longa sesta vestida de Eva. Seus mamilos douravam, às vezes assavam. Eu a observava pela janela do meu escritório, sátiro discreto. Vigiava também o público, os jovens virgens de Molien que a observavam assar por cima do muro. Eu os observava. Observava pedaços de cabeça passando pelo muro, cabeças com o olhar concupiscente, rostos sem bigode para quem eu havia dado docinhos na véspera. Eles comiam Suzanne com os olhos, seguindo as alternâncias. A barriga, as costas. Rotação a cada quinze minutos. Suzanne fazia a alegria deles. A cada quinze minutos.

•

Senhor Beckett?

Senhor Toutinegra ao telefone. Bem, eu preparei os elementos do dossiê da casa de Ussy. Estou com seus amigos Jean e Nicole ao telefone. Expliquei tudo a eles. Também estou com seus sobrinhos, todo mundo está de acordo, então, nenhum problema, tudo certo. Encontro vocês amanhã como previsto? Às 14h30, no Hotel PLM, boulevard Saint-Jacques, número 17?

Nicole e Jean em Paris, boulevard Saint-Jacques. Alegria. Nicole, Jean, toda Ussy por trás deles. Em sua bagagem. No reboque da van. Na terra macia agarrada às ranhuras das rodas esmagadoras. Vestígios dos belos dias onde a planície de Ussy se oferece ao passeio. A planície: *nem muito verde, nem muito plana*. Terra modesta. O caminho de Molien, caminho dos pomares em direção ao pombal da velha fazenda, no prolongamento do qual havia um beco. Beco no qual vivia um gigante. A hipérbole. "O Gigante", é assim que o chamávamos em Ussy, acho: "André, o gigante". Nicole dizia "Dédé". Eu não o conhecia. Ou apenas de longe. Às vezes, cruzava com ele e seus irmãos e irmãs no caminho da escola. Ou mais tarde no café, diante do tecido do balcão azul-celeste e da bandeja de dados. Eu o conhecia de vista. Uma silhueta curvada ao lado da de seu pai, cortando lenha nos domingos de inverno, antes da neve cobrir Ussy. Que a camada de partículas de gelo ramificadas e cristalizadas não ensurdeça os barulhos da vila. Que a cor não seja enterrada sob o envelope acolchoado que formava a pele de Ussy, os meses em "bro", como dizia Jean, e os meses em "o". Hoje, Dédé é lutador, parece. Campeão, até mesmo no Japão. Ussy, terra fértil, terra mítica, berço de gigantes. Um dia, o grande Dédé dobrou o assento do trator. O assento preto em policloreto de vinila. Ele vergou-se sob a carcaça do gigante. Para o ferro-velho, nocaute. Dédé, o colosso, não cabia em um carro. Ou cabia curvado, a cabeça ultrapassando o teto que havíamos aberto para que Dédé sentasse. Capota aberta, como no mar, ao vento de Ussy. Dédé capitão, entalado no banco. Envergado, as pernas passando pelo buraco da porta, pendendo pelas bordas da janela. Dédé partindo o ar com suas pernas fortes como mastros. Dédé homem-navio.

    A velha Alphonsine também andava pelos caminhos de Ussy. Alphonsine, a avó de Jean – "Vovó Alphonsine". Ela andava com um carrinho de bebê. Um pequeno carrinho branco em ferro forjado, vestígio do passado. Coberta com seu xale, empurrava seu precioso carrinho o tempo todo. O carrinho de bebê não era coberto: carrinho conversível. A céu aberto. O que teria acontecido com a capota? Mistério impenetrável. Será que Alphonsine teria retirado a capota para tornar mais acessível a cadeirinha que usava para guardar suas comissões? Teria a capota simplesmente sucumbido às traças? Teria sido levada por uma tempestade certa tarde, ainda que os botões do bordo anunciassem uma entrada iminente na doce estação? Talvez. A não ser que o desaparecimento da suposta capota seja fruto de um odioso furto. O roubo da pobre Alphonsine, cujo equilíbrio coxo dependia do indispensável carrinho. Ou talvez, na verdade, nunca tenha existido capota neste veículo? É possível. Ainda assim, "Vovó Alphonsine" se apoiava na barra curvada do carrinho de bebê como se fosse uma bengala móvel. Energia cinética: arrastada por seu próprio peso. Energia equivalente ao trabalho das forças despendidas para fazer o corpo passar do repouso ao movimento. Alphonsine arrastava o carrinho que a arrastava. As quatro grandes rodas guinchavam no ritmo de sua passagem. Eu a ouvia chegar de longe. As rodas guinchavam enquanto seus passos arrastados marcavam o *afterbeat*. Era um jazz lento. O jazz de Alphonsine que ia fazer suas compras e vinha fazer serviços domésticos para mim. Poucos contratempos. Eu podia contar com ela.

Jean e sua mulher Nicole diziam "Vovó": marca local. Eu dizia "Senhora". "Senhora Alphonsine". Foi o que minha mãe havia me ensinado: um tom deferente e cortês, sem familiaridade. Nada de economia nas boas maneiras. Calor protestante, queda de dez graus na temperatura. Acho que Alphonsine gostava. Ela gostava que eu a chamasse de "Senhora" ou "Senhora Alphonsine", que eu prestasse à sua coroa de cabelos brancos a homenagem que ela merecia. Que eu fosse educado – "para um irlandês" –, o que compensava um pouco as reservas que eu sabia que ela tinha, apesar do seu silêncio, não sobre minhas origens propriamente, mas sobre meu consumo de álcool – corolário mais ou menos direto. Suas reservas, Alphonsine tentava escondê-las, eu percebia quando, dando uma olhada pela soleira da porta, ela contemplava longamente seu carrinho de bebê, no qual as garrafas de Jameson vazias se acumulavam em meio a outros sacos de detritos nos dias em que ela se dedicava "ao lixo". Alphonsine ia, então, pela estrada, e ladeava a escola até o fim da viela, até os contêineres de vidro. Eram espécies de lixeiras fechadas e mijadas – via-se tanto pela cor quanto pelo uso que a juventude de Ussy fazia delas nas noites de bebedeira. Eu imaginava Alphonsine contabilizando cada garrafa, fazendo um balanço dos cadáveres que ela deslizava pela fenda de franjas de borracha preta, o coração sobressaltado pela combinação de odores que chegava a suas narinas. Eu a via xingando, praguejando em voz baixa, reciclando os maus pensamentos que ela calava na minha presença. Que ela calava na presença de qualquer um. Rezas inaudíveis de blasfêmias. De reprovações silenciosas. Rituais catárticos.

Quando se via sozinha, May praguejava contra o mundo inteiro. Ela praguejava como uma carroceira atolada. Uma variedade de epítetos floridos – isso não falta em inglês – que podemos substituir à vontade, na escrita, por uma pequena estrela ou várias, de acordo com o nível de grosseria desejado. Tentemos uma avaliação objetiva. Parece-me que as fantasias da linguagem implicando o Todo-Poderoso, seu filho e os santos, são muito superestimadas. Penso que o *damn*, o *bloody*, os *oh my God* não deveriam, na minha opinião, liderar em uma época na qual os adoradores de crucifixo penam para lutar contra a poeira que se amontoa nos bancos das igrejas, inclusive na Irlanda. Quem ainda podem atingir, esses insultos soltos apressadamente a toda hora, no começo ou no fim da frase, por reflexo ou necessidade? Eu me pergunto. Da minha parte, sempre preferi os insultos picantes – não sei se é a melhor expressão. De caráter mais ou menos pornográfico. Qualquer que seja a natureza ou excentricidade da prática sexual evocada. Prática com certeza antiquada atualmente ou de uma banalidade atroz. Na antiga Irlanda, tinha um pequeno efeito. Só precisava começar uma palavra com um "F" franco, bem atacado, para que tivesse seu pequeno efeito. Não abria mão desse prazer. Sempre que a ocasião se apresentava, nas ruas, nos pubs, fazia o "F" assobiar com os dentes colados no interior dos lábios. Isso me trouxe alguns arranhões, aliás. Mas quaisquer que sejam as consequências para minha integridade física, devo dizer que sempre pronunciei o "F" com um certo prazer. Amor pelo perigo. Puro masoquismo talvez. Cuspia impropérios sem me preocupar com a raiva que meus perdigotos tinham feito crescer. Sem o menor arrependimento.

May nunca fazia isso. Mesmo quando estava sozinha e despejava rajadas de grosserias desconcertantes – para quem conhecia May –, ela nunca fazia isso. Ela não usava o "F", a "palavra-F", como dizíamos lá em casa. Como dizem os puritanos. Ela preferia de longe a Cristo e seus apóstolos, primeira categoria mencionada acima. Os insultos gentis que nos eram sempre proibidos, que fariam queimar no inferno aqueles que ousassem dizê-los ou mesmo pensar neles. Era dessas blasfêmias que ela se purgava longe de todos. Um desabafo salvador, enquanto acreditava ter por testemunhas de seu pecado apenas o eco da cozinha vazia e o Deus em questão, primeira preocupação. Se ela soubesse – se houvesse mesmo suspeitado – que essas palavras pronunciadas em um movimento de violência solitária chegavam aos meus ouvidos – nas noites em que espionava do alto da escada, minha cabeça de criança escorregando pelas barras de madeira –, ela teria morrido. De resto, May está morta. Em paz, enfim. Não falemos mais.

Em seu carrinho de bebê – o andador artesanal, reciclagem astuta dos ouropéis da maternidade –, Alphonsine também levava, em certos dias, ovos ainda cobertos de penas. Ovos caseiros, postos no cercado do jardim. Ovos da véspera – "os do dia ainda têm os micróbios das galinhas", ela dizia. Os de Alphonsine eram coagulados no ponto e sem surpresas desagradáveis. Eu os engolia de bom grado. Cozidos, *pochés*, mexidos e até crus – nos dias seguintes às garrafas de Jameson.

Quando ela não podia, quando o carrinho de bebê não conseguia sustentar Alphonsine no exigente eixo dos bípedes, ela mandava Nicole – a mulher de Jean. De seu neto. Nicole era três vezes mais jovem que Alphonsine, três vezes mãe, três vezes mais amável que a média dos vivos. Nicole, a discreta. Ela conhecia meus hábitos: nada de visita durante o trabalho. Ela se dobrava graciosamente às regras que eu lhe impunha – regras neuróticas – com o ar do soldado que jura plena lealdade. Era vergonhosamente grato a ela. Grato pela sua capacidade de me aceitar apesar de tudo. Por aturar minhas manias obscenas. Meus rituais compulsivos de velho. Minha pobre pessoa. Tarefa difícil. No curso de minha existência, acho que poucas pessoas conseguiram me suportar. Quero dizer: me suportar de uma forma que eu considere suportável. Preciso dizer que não suporto muita coisa. Nem a greve dos ferroviários, nem as conversas, nem a dor de minha perna suspensa no ar como o fisioterapeuta insiste em pedir. Poucas coisas me são suportáveis. Inaptidão ao mundo. Instinto de solidão.

Eu sempre avisava Nicole da minha chegada. Uma ligação telefônica e a casa estava pronta. Antes mesmo do trem chegar à estação. Antes que eu entrasse no Citroën 2CV cinza com a lona desbotada que me esperava fielmente diante das arcadas. Antes que eu girasse a chave na porta da casa que sempre acolhia minha solidão de braços abertos. Minha casa de Ussy.

Senhor Beckett? Senhor Toutinegra ao telefone. Está bom para o senhor? Estará lá amanhã? Quer que eu passe para pegá-lo antes do encontro para irmos juntos ao PLM?

Pássaro engraçado, esse tabelião. Muito simpático, aliás. Não, amanhã minha bengala me levará ao boulevard Saint-Jacques. Ela sabe o caminho. A bengala que arrastarei e que me arrastará depois, rua Rémy-Dumoncel, rua Dareau, boulevard Saint-Jacques. Arrastaremos nossas três pernas fracas pela calçada até o número 17. Até o hotel construído sobre a pedreira que há pouco chamávamos "A Cova dos Leões". Cova na qual se matavam, outrora, todos os tipos de bestas ferozes, parece: alunos dos internatos do subúrbio, saltimbancos, engolidores de fogo e de espada, expositores de anões poliglotas. Um grande zoológico humano como não se faz mais. Embora... Olhando mais de perto... pela minha janela ou no espelho... Não melhorou nada.

No Tiers-Temps
13 de agosto de 1989

Domingo, às dezessete horas, visita improvisada do Editor-a-quem-devo-tudo, enquanto o jovem barbeiro está em plena poda das minhas mechas rebeldes. Flagrante delito de jardinagem. O barbeiro que não se contenta em cortar – o que ele faz, mesmo assim, separando meus cabelos em pequenos tufos entre seu indicador e o dedo médio para tosá-los – mas comentando igualmente cada gesto que conclui, sentindo-se entusiasmado neste fim de tarde de verão.

– Olha – ele me diz –, é inacreditável sua quantidade de cabelo para a idade, senhor Beckett. Nunca vi isso! Vou desbastar um pouco, em cima, para armar menos.

Se vai armar menos, não sei. Nível de aborrecimento já bastante elevado no começo dessa sessão de tosa. O jovem barbeiro, visivelmente contente com sua competência, achou bom acrescentar algumas palavras soando como uma promessa:

– O senhor vai ver, ficará contente, vai se pentear com mais facilidade.

Por que mesmo em seus velhos dias, no inverno da sua existência – no inverno do seu descontentamento –, o homem que, apesar de não desejar mais muita coisa, a não ser um pouco de paz, seja confrontado, contra sua vontade, com tanta besteira? Quero dizer: como é possível que o velho – a partir do momento que se vê constrangido a frequentar uma população da qual tentou fugir até então: equipe médica, jovem barbeiro etc. – torne-se um animal de estimação diante do qual discutem? Não é muito diferente do cachorrinho, o velhinho a quem confiamos as pequenas opiniões sobre as coisas. Receptáculo dos detritos de linguagem e pensamento. Vítima das tolices de todos, e como um bônus, perante testemunhas. Um privilégio a mais.

O Editor, amigo fiel entre os fiéis, aproximou-se da forma mais natural do mundo, fingindo não estar em nada incomodado pela minha posição que, no momento preciso de sua entrada no quarto, era a seguinte: cabeça para trás, abandonada como no cadafalso nas mãos do Barbeiro de Sevilha, olhar para o alto, e o resto do corpo envolto em uma capa preta como o sumo sacerdote da Igreja Tullow durante o serviço.

Então me ocorreu uma frase inacreditavelmente obsoleta, que me pareceu adequada ao momento:

– Termine de entrar.

Expressão impagável. Parece que vem da língua occitana. "Termine de entrar", como se a ação de ultrapassar o umbral da porta por alguns centímetros precisasse de numerosas etapas após as quais seria necessário fazer, a cada vez, um convite para que se chegasse à travessia final e gloriosa da famosa soleira. Ainda assim o amigo editor terminou de entrar com sucesso, colocou sobre a mesa a garrafa de uísque que tinha nas mãos e tomou lugar nos primeiros assentos do grandioso espetáculo em tamanho natural do qual fazia parte sem querer: espetáculo lamentável do macho velho renunciando à sua juba. Remoção necessária. Castração inevitável. Maldito seja isso que cresce, pensei. Veja, é difícil dizer: "Maldito seja isso que cresce". Consoantes fricativas, fechamento da glote deixando o ar passar raspando. Em casa, preferimos gaguejar as oclusivas, fechamento completo da boca seguido por uma abertura brutal. Explosão garantida: *Peter Piper picked a peck of pickled peppers*.

Decido compartilhar esse pensamento em voz alta: *Maldito seja isso que cresce*. Para esconder meu constrangimento com uma palavra. Varrer com inteligência a adversidade da situação que me reduzia à fila de gado tosado diante da multidão – eu, que durante a guerra estava, no entanto, do lado certo. Lancei, então, convencido de conseguir a adesão de todos:

– Maldito seja isso que cresce! – disse. – E que se rebela.

Passeando com sua mão direita pelo crânio nu, o Editor-a--quem-devo-tudo me responde com um ar malicioso:

– Hirsutismo... Um problema que não tenho.

Como eu não tinha pensado nisso? Como poderia ter esquecido a grande careca – signo, no entanto, distintivo do Editor, com seus olhos penetrantes de águia e seu grande sorriso. Como poderia ter assobiado as consoantes sem me colocar na pele deste outro que sempre se colocou tão bem na minha? Que sempre me leu tão bem. Que tinha me lido tão bem. Aqui um episódio, infelizmente emblemático, do que me vale o fato de abrir um pouco a boca – glote fechada ou não. Ah! A arte da conversação, um dom que as fadas falharam em me conceder, se é que alguma vez se debruçaram sobre meu berço. Berço do qual não parei de cair, parece. Talvez seja isso. Fiquei lá aleijado. Aleijado para a conversação. Para o palavrório entre congêneres. As besteiras sucedem o silêncio. Uma média de três a quatro asneiras por hora nos bons dias. Se pelo menos me calasse, como sei que deveria. Mas sou obstinado. Esqueço. Recaio. Nem falo dos momentos durante os quais, ligeiramente bêbado, renuncio a qualquer forma de vigilância. Depois do segundo copo, a média sobe com certeza. O fenômeno intensifica-se até ser multiplicado por três. Um desastre. Em caso de bebedeira real e efetiva, a coisa torna-se então cataclísmica, indestrutível. Furacões de idiotices abatem-se sobre meus iguais sem que nem mesmo eu me dê conta. Deixando-me arrependido no dia seguinte. Decidido a me calar até a próxima reincidência. A palavra, uma maldição. Não, não digo nada que valha. Na escrita talvez. Possivelmente.

Felizmente, o amigo editor – o mais confiável e mais sábio – não tem nenhuma necessidade de falar. Nenhuma necessidade de me falar nada. De me perguntar o que faço, enquanto seus olhos lhe dizem que não faço nada. Que não posso mais fazer nada. Que estou ali inerte. Condenado a imaginar o que escreveria, se ainda escrevesse. Que estou ali, arranhando na lousa dos meus pensamentos flutuantes letras ilegíveis. Palavras a conta-gotas. Quase apagadas. Ele não tem nenhuma necessidade de me interrogar para saber que nada mais faço que esperar. Esperar que isso enfim se apague.

O Editor cala-se magnificamente. Com maestria mesmo, eu diria. Com eloquência. Virtuose do silêncio, ele se cala e faz sua aposta. Miradas magníficas sondando de uma só vez o todo e o detalhe: o velho Sam, a capa sacerdotal, o jovem barbeiro com a calça descendo pelo traseiro – mostrando o cofrinho. E me regalo com seu silêncio. Com o silêncio que ele se permite fazer sem se incomodar. O silêncio do Editor que decifra, que compreende tudo, que diz tudo sem indiscrição.

O jovem barbeiro enfim se cala, no ruído intransponível do maldito secador de cabelo. Ele retira a capa preta. Fim da cena do barbeiro. *Pronto!* O jovem sai. O amigo editor abre a garrafa. *Um momento.* Bebemos. Juntos. Em silêncio.

No Tiers-Temps
14 de agosto de 1989

Essa noite os gritos da minha vizinha me fizeram sair do quarto. Do quarto de onde saio tão pouco. Estava sentado à mesa. Estou sempre sentado à mesa. Procurava por uma palavra. *Sobressaltos*. A palavra veio e a escrevi. Escrevi *sobressaltos,* ou talvez estivesse a ponto de escrever sobressaltos ao lado de meu título *Stirrings Still* – sou muito lento –, quando os sobressaltos, os verdadeiros, os da minha vizinha, começaram. Sobressaltos que podia ouvir sem ver, nas modulações da voz da minha vizinha que gritava a ponto de raspar o fundo da garganta. Que esfolava os ouvidos das paredes. Gritos surdos. Lamentos da criatura cuja carne ferida se esforça uma última vez antes de ceder. Render-se ao fim que é o seu, restituir as últimas palavras, os últimos sons – último legado.

    O que ela disse? O que disse a vizinha, a decana ao lado cuja existência ressoa como se ela estivesse em meu quarto? A meu lado. Paredes muito finas. Promiscuidade dos velhos dias onde assistimos a um outro, a um estranho – problema crônico, espetáculo sonoro permanente –, desde o momento em que a noite encontra o dia, até aquele em que ela o deixa. Promiscuidade, ecos de velhos: dos grunhidos ao acordar às tosses noturnas, passando pelas breves preces. As breves preces lhe faziam bem. Tranquilizavam-na, a vizinha ao lado. Eu a ouvia recitar uma prece em voz baixa, sempre a mesma, que me era estranha também. Uma prece noturna. Era assim:

Eu o adoro, meu Deus, com a submissão que
me inspira a presença de Vossa grandeza soberana.
Acredito em Vós porque sois a própria verdade;
Tenho esperança em Vós porque sois infinitamente bom;
Eu o amo com todo o meu coração porque Vós sois
soberanamente amável e amo meu próximo
como a mim mesmo por amor a Vós.

Bem. Eu que me preocupo com Deus como com a primeira meia de Bonaparte. Como com meu primeiro insulto. Como com minha primeira gonorreia – velho porco –, devo dizer que no começo isso me divertia um pouco. Eu me divertia ouvindo o refrão da minha companheira imposta – os lugares me obrigavam a ouvi-la, como ela a mim, casamento forçado pelas paredes –, isso me lembrava o internato de meninos. Velho estudante. A Portora Royal School, instituição protestante muitas vezes centenária, do condado de Fermanagh, onde passei a idade da estupidez. Isso me lembrava dos dormitórios. Os murmúrios, as histórias de Conan Doyle, de Sherlock Holmes, sussurradas à noite. Não era ruim. Viver juntos, separados apenas pela parede. A gente se ouvia bem. A gente ouvia tudo. Aliás, noite após noite, eu ouvia, conhecia muito bem a prece que poderia recitar de cor, se tivessem me pedido. Não me pediram. Mas teria podido. Essa prece, devo dizer que, como ateu que sou – vejam, *como ateu que sou*, é estranho – como ateu que sou, no entanto, é assim que é preciso dizer, eu a achava bela. Falo de estilo. A manutenção de um velho estilo. Não me importava mais, claro, mas no gênero "Prece" não a achava nada ruim. "Vós sois soberanamente amável" não é qualquer coisa. E eu a ouvia bem, já que a cama da decana – ela tem 99 anos, parece, a decana do Tiers-Temps, *dixit* a enfermeira Nadja – era colada na parede. A cabeça da cama contra a minha, digamos, mas do outro lado. Razão pela qual eu a ouvia tão bem. Ouvia até seus apartes. Os momentos em que ela falava consigo mesma para se encorajar. Em que ela era seu próprio público. Ela sabia que eu a ouvia como ela certamente me ouvia também? Que eu era o *voyeur* dos seus tormentos? Testemunha obscena, do outro lado da parede. Não sei.

Mas naquela noite, na última noite, enquanto eu escrevia à mesa, nada de prece noturna, nem submissão à grandeza soberana do Todo-Poderoso. Em vez disso, minha vizinha do lado gritou pelo fim com todas as forças a ela concedidas. Com gritos baixos. Esgotados. Expirados. O que ela disse? Um nome de homem. Talvez um marido, um pai ou um irmão. A não ser que fosse seu amor verdadeiro, perdido há muito tempo. Esse primeiro amor por um homem simples. Ele não era bem-vindo. Na família, eles nunca eram bem-vindos – os amores modestos, mas verdadeiros. Ela não escolheu. Ela não o escolheu. O homem modesto partiu. No entanto, naquela noite, em seu quarto, no último suspiro que antecedeu sua morte, ela gritou seu nome como se ele tivesse vindo. Como se ele já estivesse ali, sob seus olhos. O amor perdido, retornado a tempo, antes que a luz, agora insignificante, se apagasse. Você está delirando, pobre velho. Está reescrevendo o fim. Não consegue evitar. Ninguém sabe o que ela quis dizer. Ninguém conhece o fim.

O que eu sei é que na hora em que esse nome vibrava em seus lábios roxos, esse nome desconhecido para mim, eu ainda escrevia à mesa. Poderia precisar a hora para a polícia, se ela viesse. Ou para o funcionário da prefeitura. Poderia dizer-lhe, *era por volta das 23 horas*, a hora em que ainda escrevo à mesa, que a decana deu seu último grito. Como eu estava tomado por *sobressaltos*, ouvi os dela. Talvez o funcionário me perguntasse detalhes sobre esse instante. Sobre o instante do último grito. O instante do último instante. Talvez me interrogasse.

– Senhor Beckett, o que estava fazendo no momento em que ouviu os gritos?
– Eu escrevia.
– Escrevia? O senhor ainda escreve?
– Não mais.

– Então por que me disse que escrevia?
– ...
– O que estava fazendo no momento em que sua vizinha morreu?
– Eu escrevia.
– O senhor me disse que escrevia. Então o senhor ainda escreve?

Palavras inaptas do funcionário da prefeitura – novo pesadelo – enquanto a decana ainda jaz no quarto ao lado. Ainda sem frio. Eu me resigno ao silêncio. Única sabedoria. O silêncio.

– Senhor, o que fez quando ouviu os gritos?

Levantei-me o mais depressa que pude – sou muito lento. Levantei-me, agarrado à mesa. A mesa na qual escrevo. Gritei pelos corredores, acordei os vigias. Minha voz rouca soou o alarme, transmitindo a sentença de morte que minha vizinha havia começado a soar. Com todas as suas forças. Não o suficientemente forte. Gritei por ela. Um crescendo de palavras desconexas. Rugido de cólera. Parecia-me que minha voz rasgava a noite, que ela se impunha sobre a da minha vizinha. Redobrava seu pranto, seus gritos de amor perdido e reencontrado. Quando minhas pernas chegaram ao quarto que toca o meu – também no térreo, mas sem vista para o jardim –, quando minhas mãos trêmulas bateram à porta, giraram a maçaneta, o fim era evidente. Enxames de enfermeiras voaram para sua cabeceira. Suas blusas azuis formavam um céu ao redor da cama. A cama equipada com um dispositivo elétrico que a velha havia acionado para se levantar. Para enfrentar. Enrijecida de dor, os olhos mergulhados nas órbitas vazias da morte. Os olhos azuis da minha vizinha estavam plenos de angústia e terror. Visão aterrorizante. Nada de final suave. O último sofrimento, a última dor e como único remédio a afeição fingida da equipe. Daqueles que, familiarizados com a morte, aprenderam as palavras e os gestos de ocasião. Paliativos frágeis. A vizinha está morta. Não há mais breves preces. Não a ouço mais. Só ouço a mim mesmo. E o silêncio.

•

O tabelião disse duas e meia. Está anotado no meu caderno. O Moleskine marrom com a aba preta no qual escrevo tudo com meus garranchos. Encontro às duas e meia, nesta tarde. A morte da vizinha não estava prevista – não no caderno. Essa tarde vou deixar um pouco esse lugar e a morte que espreita. Algumas horas roubadas. Encontro com o tabelião, coincidência engraçada, justamente hoje. Encontro com o tabelião enquanto a morte acaba de chegar. Não eu, a vizinha. Bem ao lado. Senti o perigo chegar. Muito perto. Tocar minhas têmporas. Como já senti me tocar outrora e falhar sempre. Sempre perto, sempre ao lado. Às duas e meia, não será nem sobre a vizinha, nem sobre sua morte, mas sobre o que será da casa de Ussy quando eu não estiver mais aqui. *Quando eu não estiver mais aqui* – o tom dramático. Não sou mais capaz de ir à casa de Ussy onde tanto estive. De guiar o Citroën 2CV cuja capota cinza ficou desbotada pelo sol. Nicole dizia que era por causa da lua. Que um carro que dormia fora recebia, durante a noite, *jatos de lua* que queimavam sua lona. A lona que servia de teto para o meu 2CV cinza. A lona perfurada pelos astros e pelo tempo, que deixava o ar passar ligeiramente como um sopro de liberdade que me empurrava para a casa. A casa que me estendia os braços. Com meu 2CV cinza, eu voava. Até Ussy. Até o jardim no qual fazia o carro derrapar para estacioná-lo. Como uma criança. Girando uma vez a chave, destrancava a porta da casa branca – "a casa branca"! Como uma criança. Deixava meus calçados na sapateira da entrada e abria as portas de correr. Ali, na sala de estar, como se diz no campo, na sala em que tudo acontece, onde tudo pode acontecer. Sentava-me diante da escrivaninha. Momento de graça.

    Como todo o resto, minha escrivaninha era bastante espartana. De madeira escura. Quatro gavetas. Uma máquina de escrever. Eu sempre tinha à mão, à mão esquerda, meu pacote branco de cigarrilhas, sobre o qual havia o retrato de uma marquesa ou de um diplomata – tabagismo político. Um cinzeiro à direita do destro – por comodidade. Um cinzeiro à pressão de aço com tampa rotativa – ganho em um sorteio em Ussy. *Veja que sorte*, Nicole tinha me dito. Uma pressão do indicador fazia as cinzas e as bitucas desaparecerem. Em um piscar de olhos, um toque de dedos. Eu fumava com as mãos livres, aspirando a bituca que meus lábios mantinham maquinalmente colada. A fumaça saía das minhas narinas, fazendo com que eu desaparecesse na bruma, até que a bituca fosse para o cinzeiro. Pressão do indicador. Um toque. Nada mais.

Da escrivaninha – posto de observação –, meu olhar mergulhava no jardim. O exterior vinha até mim. Paisagens antigas cruzadas em sonhos, paisagens imaginadas por outros se casavam com aquelas que eu podia admirar pela janela. Dois homens, dois companheiros, contemplando a lua nebulosa, ao pé de uma árvore desenraizada. Isso me veio. A árvore inclinada, ainda não caída. A árvore que tinha vivido o suficiente para se sentir centenária, que, imobilizada a meio caminho de sua queda, parecia dançar. Isso me veio. Dois homens, também eles inclinados, ao pé de uma árvore e de uma pedra imensa. Era um dólmen – megálito misterioso, como o encontrado sob o casco do primeiro cavalo irlandês a chegar. Eu deixava chegar. Deixava chegar até mim as luzes da noite, do campo na bruma, pouco a pouco invisível. Lugar de errância. Não via grande coisa ali. Consegui distinguir as silhuetas dos dois companheiros que se levantavam e se sentavam, os chapéus mexendo-se nas cabeças no escuro. A escuridão dos meus pensamentos, da tinta que minha máquina jogava sobre os diálogos que meus dedos batiam à máquina. Diálogos completamente batidos. Personagens também.

O que mais havia na sala de estar? Lembro-me da cama em forma de barco que servia para sentarmos, que servia para Hayden a quem eu servia uma bebida – durante as intermináveis partidas de xadrez jogadas no tabuleiro do meu avô. A cozinha era no fim do corredor. Fazíamos, à noite, idas e vindas furtivas para reabastecer os copos. O corredor tornava-se, então, ele também, interminável até a cozinha – lugar da reserva. Cozinha rudimentar: uma pia, uma mesa coberta por uma toalha fúcsia cortada em um tecido moderno. Não era uma toalha de plástico, era um tecido revestido de algodão, impermeável, sobre o qual escorria um rio de café com leite quando, desajeitado, derrubava minha xícara ao acordar. Eu a derrubava bastante, não sou matinal. Suzanne sabia. Foi o que a fez comprar a toalha de tecido moderno. Para que escorresse. Para que não manchasse. Quanto ao fúcsia, nunca soube por quê. Por que o rosa-fúcsia? Talvez para alegrar o cômodo, austero como uma cozinha de convento, com seus sofás de vime e sua mesa vacilante. Eu havia esquecido os porta-recados – objeto essencial na cozinha. Os porta-recados que, colocados sobre a toalha, me serviam para deixar mensagens à Nicole.

Muito obrigado pelos deliciosos legumes do jardim e pela casa, brilhando como prata! Falando em prata, deixo aqui três moedas para o cofrinho das crianças.
Dê um beijo nelas por mim.
Sam Beckett

Eu me sentia obrigado a escrever "Beckett". É estúpido, mas me sentia obrigado a escrever assim por uma simples e única razão: Nicole sempre me chamou de "Senhor Beckett". Eu não gostava muito. Achava muito patronal. Um pouco superior. Principalmente porque eu, como ela era jovem, a chamava de Nicole. Não gostava muito. Esse lado velha escola: eu "Senhor" e ela "Nicole". Mas eu também não podia pedir para ela me chamar de Sam. Conhecendo os franceses, tão precisos com o uso de "Senhor Senhora", teria soado um pouco deselegante. Esse não era o objetivo. Aliás, os franceses sempre me fizeram rir com suas boas maneiras. Com suas grandes fórmulas. Um senso de solenidade que, entre eles, não é absolutamente incompatível com o fato de dormir com a chamada "Senhora" – vizinha da frente ou mulher de seu melhor amigo, por exemplo. "Senhora" não impede nada, muito pelo contrário. "Senhora" abre as portas de um paraíso sobre o qual reina uma cortesia sem limites. "Senhora, deixe-me arrumar as flores do seu corpete." Educação francesa se houver. É o mínimo. E devo dizer que, deste ponto de vista, sinto-me bem patriota. Francês de adoção, poderia dizer. "Com todo o respeito, senhora." Pobre velho.

– Senhor Beckett, o senhor não tocou no seu almoço!
"E hoje, no entanto, está bom, veja:
Terrine de três peixes
Carne assada, batatas duchesse e cenouras
Queijo
Torta de cereja
"Vou te dar um pouco mais de tempo. Passo para retirar por último."

Sem fome. Sem apetite. E duvido que sua presença me sirva de alguma ajuda. A presença da gorducha amável. Vista pouco atraente. Que ela retire então sua bandeja, o peito opulento mergulhando no molho da carne e das batatas *duchesse*. Programa completo. Velho amargurado. Você ainda está abalado pelo que aconteceu de noite. Noite de terror. Você vai se atrasar. É preciso tomar seu rumo, miserável, em direção ao hotel PLM Saint-Jacques – maratona de bengala. O hotel, o mais moderno do mundo, com sua fachada de escamas e seus elevadores ultrarrápidos. Nicole e Jean não vão voltar. Você não poderá voltar a Ussy. Em algumas horas, será o fim – da casa, do jardim. Negócio encerrado. Dê a eles aquilo de que não pode mais desfrutar. Você não pode mais desfrutar. Já fez o suficiente.

No Tiers-Temps
20 de agosto de 1989

[Rádio]

Bom dia a todos, o programa "Os arquivos do teatro" conduzirá vocês, essa noite, pelos rastros do mais francês dos irlandeses, de um mestre da língua e do absurdo: Samuel Beckett. O escritor e dramaturgo comemora, esse ano, os vinte anos de um prêmio Nobel que ele se recusou a buscar – por timidez, dizem uns, por provocação, dizem outros. A verdade é que essa data é uma oportunidade para que façamos vocês descobrirem os tesouros escondidos pelos arquivos do teatro. Em alguns segundos, vocês descobrirão uma entrevista com o ator Vittorio Caprioli transmitida quando Aspettando Godot *era encenada pela primeira vez na Itália. Na sequência desse arquivo, haverá uma transmissão integral da peça, em francês, apresentada – como em sua estreia em 1953 – pelo grande Roger Blin para a Comédie-Française, em 2 de abril de 1978.*

Três, dois, um, zero... Alô, Paris, aqui é Roma. As constelações teatrais se juntam, se dispersam, se refazem novamente, segundo os humores dos artistas, as exigências dos empresários, os caprichos do cinema. O diretor Luciano Mondolfo e o ator Vittorio Caprioli reencontraram-se nos palcos de um pequeno e elegante teatro romano: o teatro 6 na rua Vittoria. Eles associaram seu talento ao de Marcello Moretti que havia, nós nos lembramos, feito um grande sucesso em Paris como o Arlequim da peça de Goldoni – *Arlequim servidor de dois patrões* – pelo Teatro Piccolo. Com Claudio Ermelli, Antonio Pierfederici, Capriolli e Moretti, eles apresentaram durante várias semanas, com o maior sucesso, uma versão italiana de *Esperando Godot*, de Samuel Beckett. O pintor Giulio Coltellacci criou um cenário impactante pela sua simplicidade e sobriedade trágica. A Roma intelectual vai assistir ao espetáculo. Eu o parabenizo, senhor Caprioli, e parabenizo a mim mesmo por vê-lo diante do microfone para esse programa especial...

Que eles se parabenizem se isso lhes dá prazer! O prazer é todo meu. O prazer foi todo meu. Graças a Suzanne – gratidão eterna. Foi Suzanne quem tomou a dianteira, enquanto eu ficava atrás, mascate de peças, vendedora de manuscritos. Que esperou na chuva com as mãos pesadas de páginas. Que bateu em todas as portas, subiu as escadarias retumbantes das grandes editoras. Suzanne – espiã de portarias e teatros, à espreita na sombra de um suposto mestre. O mestre da língua que havia posto a sua no bolso. Havia engolido-a. Mestre medroso que segurava sua língua. Por medo que ela caísse. Por medo que ela se dividisse. Ou que, por desespero de causa, deu-a ao gato para que ele se livrasse dela. Mestre-covarde escondido em seu buraco. O prazer foi todo meu, graças a Suzanne. Prazer construído do zero. Com a força de suas mãos, para cada peça. Quebra-cabeça de teatro edificado por Suzanne, enquanto eu ficava ali, arranhando. Enquanto eu escrevia *esperando* que isso acontecesse. Esperando que isso se fizesse. Suzanne pegou o touro pelos chifres. Ignorando aqueles que cresceram em sua cabeça. Ela teve a coragem que me faltava. Sinto falta de Suzanne. Da coragem também.

Suzanne visitou a todos. Os editores, os diretores – aqueles que me tiraram do buraco que eu mesmo tinha cavado. Aliás, não era um buraco desagradável. Ao menos tinha me acostumado a ele sem o menor esforço. Sem que me parecesse um buraco, quero dizer, uma falha ou uma ruptura. Não, não, meu buraco, ou melhor, o buraco em que me encontrava, no momento em que me tiraram de lá, parecia-se mais com um esconderijo. Um esconderijo no qual me agradava escrever. No qual eu podia, enfim, escrever à vontade. Sem me preocupar com o resto. Com os restos do mundo acima de mim. Em meu buraco, ficava enterrado até acima da cintura, com as mãos livres para escurecer freneticamente as páginas. Válvulas abertas. Sem o bloqueio da pena, como um pombo-torcaz – ave migratória – que, machucado, foi obrigado a interromper sua viagem e que, recuperando sua asa útil, decide então batê-la. Até o esgotamento. Até que a embriaguez do voo faça com que suavemente caia sobre o primeiro galho. A menos que uma bala venha interromper seu curso. Fim trágico. Não foi o meu.

Na verdade, em meu buraco – o buraco que eu mesmo tinha cavado e no qual arranhava –, talvez não estivesse *feliz*, mas aliviado. Sim, aliviado. Arranhar, isso alivia. Pelo menos na hora. Eu estava ainda mais aliviado porque o longo acúmulo que havia precedido este período tinha formado uma espécie de abscesso que me fazia sofrer e que o ato de arranhar havia liberado. O prazer do doente. Pequeno prazer. Foi sucedido por uma enxurrada de pus. Como uma corredeira. Semivida que escorria, em menos tempo que é preciso para contá-la. Que é preciso para contar tudo. Que era preciso para escrever. Eu cuidava da enxurrada. Botas nos pés. Tentando esvaziar o buraco na medida em que ele se enchia da semivida que me voltava. Que me voltava. Que era preciso liberar. Parto com dor. A orelha atenta – aquela que eu imaginava sempre atrás de mim quando escrevia – estava ao meu lado. No buraco. Ao meu lado, entre os inumeráveis personagens, os inomináveis cujos nomes, no entanto, era preciso encontrar. Vieram assim: Molloy, Estragon, Vladimir, Malone. Vieram. Todos vieram. Aliás, o buraco estava cheio. Como um ovo fresco da véspera.

[Rádio]

Caros ouvintes, na saída do teatro, um crítico se perguntou em seu jornal sobre a espera desse famoso Godot. A espera, o verdadeiro tema, e por trás dela, o mito evocado pelo autor de um ideal que cada homem persegue à sua maneira sem jamais atingir, e que lhe dá, no entanto, a força para continuar a viver. Samuel Beckett representa a existência desses pobres infelizes, na verdade todos nós, com uma crueldade que não deixa nada a desejar àquela com que o mestre Pozzo trata seu escravo, com a corda no pescoço, símbolo da exploração do homem pelo homem.

Outro crítico reprovou a peça e a montagem de Roger Blin pela dificuldade em compreendê-la. *Esperando Godot* é certamente uma obra difícil, talvez até mesmo no limite do suportável, mas é justamente plantando sua árvore nessa fronteira que o dramaturgo se liberta, de uma forma que teria alegrado Antonin Artaud, dos limites do espaço, do tempo e da consciência.

"O blábláblá da crítica..." Os infelizes se esforçaram. E o amigo editor? E Blin e os outros? Eles se esforçaram muito por causa de uma peça em que não acontecia grande coisa. Em que não acontecia, por assim dizer, nada. A não ser, talvez, na cabeça da mulher de azul, na terceira fileira. Aquela que, diante do tédio que o cenário sinistro provocava (a estrada campestre, a árvore, a pedra grande), começava a pensar. Ou talvez a imaginar – palavra mais justa, com a ideia de sonho inclusa. O que ela poderia estar imaginando? Sempre pensei nela quando imaginava uma apresentação da peça – Godot ainda não encenado, ainda sem ser Godot –, sempre imaginava, na terceira fileira, a mulher de azul que, morrendo de tédio, começava a imaginar. Remédio contra o tédio. *Esperando*, quero dizer, esperando que algo na peça acontecesse, em que ela pensava? Talvez no representante de vendas que havia recebido, nesse mesmo dia, por volta das catorze horas, quando estava sozinha e o vazio da casa ressoava penosamente dentro dela. Um representante de vendas, tão bonito, que vendia métodos para o ensino de idiomas, tinha batido à sua porta, na hora do café. *Bom dia, senhora, eu ofereço o aprendizado do italiano em algumas semanas*, ele disse. Ela o deixou entrar. Ela, geralmente tão desconfiada, deixou que ele se sentasse, pelo tempo de um café, que ela não tomaria sozinha. Não desta vez.

– Não é difícil, senhora. É um método sem esforço. A senhora só tem que segui-lo. As cinquenta lições são acompanhadas de gravações de áudio e desenhos humorísticos. É muito agradável, a senhora verá. É muito fácil. Em algumas semanas, a senhora será capaz de ler Dante no original, senhora. Não estou brincando, Dante!

O que teria acontecido depois? Ela teria cedido ou não à tentação, às tentações? A história não diz. O que a história diz – aquela que me surgiu tantas vezes em meu buraco, quando a imaginava –, é que a famosa mulher de azul, da terceira fileira da esquerda, quero dizer, do lado do jardim, estava mais ocupada pensando em seu representante de vendas com seu belo bigode do que na apresentação que acontecia em cena, diante de seus olhos. Cena da qual ela estava bem próxima, no entanto, ao menos de um ponto de vista geográfico, e que não chegou a chamar sua atenção. Contudo, parecia que o fosso, aquele no qual Estragon havia dormido, também tinha afastado a mulher. Efeito colateral. E desde o começo da peça. Um fosso tão grande que a mente da infeliz – da abençoada, deveria dizer, se considerarmos a hipótese das boas horas passadas durante a tarde na companhia do representante de vendas – tinha se dispersado e começado a vagar. Mente que divagava, que divagava tanto, que divagava para tão longe, que jamais voltou. Nenhuma aterrissagem. Em todo caso, não antes do fim. Do fim de Godot que demorava a chegar. Nada de aterrissagem. Nem mesmo sobre o primeiro galho da árvore que, nua em cena, estendia-lhe generosamente os galhos. Ah! A aterrissagem da mente... Uma ciência pouco exata.

Sei um pouco disso, eu, cuja mente nunca se casou bem com o resto. Com meus restos. Com meu corpo. E vice-versa, aliás: quero dizer, meu corpo também nunca foi um parceiro excelente da minha mente. É o mínimo que se pode dizer. Meu corpo, esse companheiro de má sorte. Metade fraca. Sempre pronto para agir inversamente ao que lhe diz o resto, entendo como o resto, dessa vez, minha mente. Corpo impulsivo dedicando-se a todos os santos – escolhendo, contudo, os seios mais opulentos, desde que a proprietária seja um pouco amável. Corpo voluntariamente servil ao sexo oposto, sem nenhuma discriminação. Única condição: que se atenham ao que posso suportar. Ao que posso sofrer: arranhões, mordidas – ainda passam – mas nada de tapas. Não os suporto. Eles me deixam como um cão raivoso. Não, tapas nunca pude suportar. Nem os de meus professores, nem os de May, que sempre negava tê-los dado, quando botava a cabeça no lugar – ela que sempre a perdia. Mente perdida nos confins do desespero. Sistema nervoso doente.

Quanto à minha mente, posso dizer que infelizmente ela não é tão fiel como o resto do meu ser. Entendo por isso fidelidade à minha vontade. Mente vagabunda, mente errante – sempre prestes a vagar pelos caminhos, pelas estradas campestres, ao invés de se fixar no que tem a dizer. No que tem a fazer. Sempre atrasada. Também nunca culpei a mulher de azul da terceira fileira, que via como uma irmã, como o touro que salta a barreira, por ter deixado sua mente ir ao encontro do representante de vendas que tanto a tinha feito estremecer. Que a tinha atraído tanto – o belo anglicismo, *come, sweetheart* – tanto e tão bem que foi preciso esperar os aplausos tonitruantes do pequeno teatro Babylone para que ela voltasse a si. Corpo e alma na peça. Ao menos na sala. Quando digo *tonitruantes*, não é absolutamente com a intenção de ficar feliz como pinto no lixo, insinuando que a sala em que minha peça era encenada – na ocasião, *Godot* – estava lotada, mas com a intenção de transcrever a cena com o máximo de precisão. Perfeccionismo congênito. Porque ocorre que a sala do teatro Babylone ressoava particularmente, amplificando o barulho dos aplausos aos quais sou muito sensível. Sim, eu sou, desde criança, excessivamente sensível ao barulho – outro defeito congênito. Barulho ainda mais difícil de suportar para quem sofre com ouvidos sensíveis como os meus, pois naquela noite o público foi maior do que o previsto, o que estimulou a equipe a colocar cadeiras extras às pressas. Daí os aplausos "tonitruantes" mencionados acima, que me deixam como pinto no lixo, feliz que ainda chova no seu quintal. O pinto. Preciso dizer que essa palavra, pinto, é eminentemente feliz porque, em minha língua, essa ave pode, em função do contexto, igualmente fazer referência ao membro utilizado, algumas horas antes da peça, pelo representante comercial para dar prazer à mulher de azul. Porque está falando de pinto? Velho eunuco!

Eu queria falar com os espectadores. Os espectadores, eu também os imaginava felizes. Felizes com o fim da peça. Nós nos alegramos quando tudo está terminado. Libertação incontestável. Mesmo no teatro. Qualquer que seja a qualidade da peça. Eu também estava feliz por oferecer aos espectadores, mesmo que fosse depois da peça, um momento de alegria fugaz. A da peça acabada. E quando digo "espectadores", quero dizer o pequeno número daqueles que, se esforçando para raciocinar, haviam esperado pacientemente, prontos para descobrir o segredo desse diabo do Godot. Esperando uma aparição que não veio. Que não me veio. Não podia fazer nada. A esquiva era mais forte.

Esse diabo do Godot. Se Godot existe, quero dizer no teatro. Foi graças ao senhor Blin que movimentou céus e terra. Blin, mais crente que eu. O que não é difícil. Ele se esforçou tanto. Todos eles se esforçaram tanto. Suzanne, Blin, o Editor. Para Sam, o escravagista. Pozzo em potencial. Aquele que esperou de braços cruzados. Que esperava que os outros virassem suas páginas. Suzanne distribuiu-as. Centenas de páginas enviadas – garrafas ao mar. Quase todas encalhadas. Algumas resgatadas. Aterrissadas por acaso nos joelhos do Editor.

O Editor no metrô, estação La Motte-Picquet–Grenelle, o manuscrito de *Molloy* sobre os joelhos. Molloy falava com ele.

Ele o divertia. Ele o divertia tanto que o Editor morreu de rir – *riu feito um ralo*, dizemos em casa, mais uma expressão que devemos aos britânicos – *for God's sake*. Como um corcunda – riso sardônico: contração involuntária dos músculos do rosto. *A ponto de a barriga doer*. Ele ria tanto, me contou, que o manuscrito escorregava. Ele o fechou para que não caísse mais. Para que não se espalhasse, manuscrito frágil, recém-resgatado, ainda não encadernado. O Editor fez a baldeação, linha 10 até Sèvres-Babylone. A menos que seja Odeon, é possível, ele é um andarilho. Ele se esgueirou, atravessou os corredores sujos. Os usuários, aqueles que como ele pegavam sua conexão, observavam a expressão que seu rosto guardava. Traço do riso que esse louco do Molloy tinha desencadeado. O Editor no meio dos loucos. No meio dos meus loucos. Ele se esforçou tanto para que eu tivesse uma chance. Uma chance para um enforcado.

– Senhor Beckett? Desculpe incomodá-lo, mas a fisioterapeuta vai chegar logo.

Aliás, meus loucos só sonhavam com isso, quero dizer, Vladimir e Estragon. Eles sonhavam em se enforcar de vez. Em dançar no meio das folhas, com um sorriso nos lábios, de papo pro ar. Em dançar uma boa valsa de uma vez por todas. Havia inevitavelmente as contingências materiais, difíceis de reunir, os detalhes técnicos a respeito do comprimento da corda, sua qualidade: de tripa, cânhamo, juta? Se tivermos a sorte de ter uma à mão. Ou algo equivalente: corda de piano, cabo elétrico, pensando bem, qualquer elo poderia servir, poderia lhes oferecer um último balanço nas árvores, em meio às folhas secas, prontas para cair.

– Ela quer avaliar suas pernas com o senhor e a caminhada que ficou difícil.

Mas o enforcamento – não o enforcamento administrado outrora pelos juízes, e então generosamente levado adiante por agentes do Estado, não, falo do enforcamento realizado de forma individual – não é tão fácil de pôr em prática. Requer habilidades de elevação incontestáveis. A menos que se peça uma ajuda exterior...

– De acordo com seu pedido, nós a mantivemos informada das evoluções recentes. Ela vai lhe propor exercícios.

Em uma situação dessas, como na maioria, a ajuda não vem dos outros. A ajuda nunca vem dos outros. O exterior não vale nada. Infelizmente, eu também não.

– O senhor vê essas longas barras paralelas brancas? Vai se apoiar sobre elas, uma sob a mão direita e uma sob a mão esquerda, assim, e irá andar tranquilamente até o fim. A ideia é utilizar os braços para aliviar o peso das pernas. O principal é fazer no seu tempo. Não vou cronometrar. Não é uma corrida, certo? Venha, vou posicioná-lo. As mãos... Muito bem. Está bom? Pode começar, estou olhando.

– ...

– Devagar, devagar, senhor Beckett! Por que tão rápido? É perigoso! O senhor pode se machucar. É engraçado? Ah, tenha dó! Eu sei que tem tapete no chão, mas mesmo assim, não quero ter que levantá-lo. Vamos começar de novo. E com calma, hein?

– ...

– Não, assim não dá! Senhor Beckett, stop, stop. Espere! Espere, estou dando esse exercício para ajudá-lo a andar melhor, não para que se machuque! Quero fazer outra tentativa, mas é preciso que diminua o ritmo, ok? Senão vou levá-lo imediatamente para seu quarto. Estou vendo que se diverte, mas está se arriscando a cair. Bom. Última vez, conto com o senhor para acalmar as coisas.

Quase repreendido! Se me divirto indo rápido, digo, na escala dos velhotes, irei rápido, é isso. Sempre vou rápido. Deformação original. Sempre amei a velocidade. Ariano fogoso. Animal intrépido. E teimoso como uma mula, para piorar as coisas. É assim. Incorrigível. Sempre amei a velocidade. Incluindo aquela que precipitava minha queda, minha perda. Ir rápido, falar rápido. Até perder o fôlego. É disso que gosto. Mesmo no teatro, mesmo na minha peça *Não eu* – uma história a toda velocidade. Uma grande boca que fala sem parar, que tagarela. Uma boca grande, cheia de dentes. Uma boca tão bela quanto louca, no escuro do teatro. Dois lábios vermelho-sangue aflitos. Que proferem. Que condenam. Que se contradizem. Boca aberta de mulher excitada. Aflita, eu deveria dizer. São os outros que se excitam diante da agitação dessa boca que solta tudo. Que não guarda nada. Nem mesmo os gritos. Boca de mulher assustadora. Tenho arrepios. Sempre tive arrepios diante das bocas de mulheres. De mulheres que gritam. De mulheres que, deixando o arrepio invadi-las, parecem a besta cuja beleza faz esquecer a selvageria profunda. A besta adormecida, tão bela que não se pode deixar de abordá-la. Sem desconfiar. Durante o sono. A besta charmosa que vai embora após ter devorado sua presa. Cujo despertar súbito – sem dúvida um ruído, a não ser que seja novamente a fome? – deixa entrever os dentes de lobo. Pesadelo da minha infância. Tantas noites passadas entre os dentes dessa bela boca. Dentes afiados como navalhas, guiados pelo apetite feroz de um estômago que a noite me impedia de distinguir. Dentes na ponta de uma língua carinhosa e quente. Língua envolvente, irresistível, que se esfregava imprudentemente passando pelos incisivos – o cutelo. Pesadelo com essa boca na qual me encontrava – inteiro ou partido. Ainda um pouco de mim nessa boca incontrolável. A boca doce na qual me aventurava no começo, sem a menor desconfiança. Animal intrépido. Jovem Sam, fogoso. Avançava de acordo com minha própria vontade, preso pelo calor dos lábios úmidos e pela voz de sereia que fazia as paredes vibrarem. A boca úmida era um mar calmo que me lavava com sua língua – áspera, na medida certa – para que eu me entregasse. Eu me entregava sempre. Até tudo tremer. Até que uma névoa espessa tomasse conta dos meus pensamentos.

Que as correntes mudassem progressivamente. Que uma onda anunciadora crescesse lentamente e me levasse na tempestade. Eu me entregava à tentação mais irreprimível. Inteiramente pronto para essa boca que me aspirava. Que me aspirava de forma tão incontrolável que eu desaparecia completamente dentro dela. Aspirado por essa bela boca. Envolvido pela língua quente que me apertava até o pescoço. Tentava sair, Jonas prisioneiro do peixe gigante que, alguns minutos antes, o havia perturbado tanto. Despertava tremendo, tateando meu corpo timidamente, inteiro ou partido. Assegurando-me de que não me faltava nada. Não me faltava nada. A embriaguez que tinha me invadido, tinha semeado tal confusão que eu havia me perdido nessa fronteira estreita, nesse precipício vertiginoso que separara o pesadelo do sonho? A entrega que essa boca havia suscitado era tão forte, que havia subitamente me colocado a mil léguas de mim mesmo, havia revelado o medo de um prazer que, uma vez passado, me causava represálias horríveis? Não sei. No entanto, o que sei é que aquele sono foi muito bom para mim; que me acolheu em seus abismos onde se alojava o prazer assustador de uma boca incontrolável, eu corri, empurrado pelo vento do medo que soprava atrás de mim. Velho masoquista.

– Senhor Beckett, tudo bem? O senhor me assustou. Ainda bem que tem o tapete. Eu falei que estava indo muito rápido. Vou te ajudar a levantar.

Ela tem uma bela boca. Com os dentes talhados como pérolas – ligeiramente separados. Quando ela fica nervosa, fala mais rápido. Muito mais rápido. Seus lábios mexem cada vez mais. As comissuras sobem até as bochechas.

– Foi demais para uma primeira sessão. Sinto muito, foi culpa minha. Vou pensar em outros exercícios para a próxima vez. Mais adaptados a seus problemas nas pernas. Não foi uma boa ideia propor as barras. Muito cedo. Lamento.

Não eu. Sensações inesperadas. De volta ao tempo das delícias do perigo, amigo de longa data. Deambulei pelo abismo. Última vertigem esperando a queda.

No Tiers-Temps
25 de agosto de 1989

Encontrei um jornaleco embaixo da minha porta essa manhã. O jornal do Tiers-Temps. Teremos visto de tudo, mesmo que não vejamos mais muita coisa. Nome oficial: *A Gazeta Vermelha*. Belisque-me se estiver sonhando. Parece que a ideia brilhante se deve ao zelo de uma enfermeira cujo nome me escapa. Devo dizer que, além do título, que vou me abster de comentar já que ele diz muito sobre si, o conteúdo – se assim posso dizer – tem por objetivo relatar as penosas peregrinações das cabeças grisalhas, dos futuros ausentes. Quando digo "ausentes", penso naqueles que vimos, há pouco, dos quais não temos mais notícias e descobrimos um dia, durante um passeio, o nome de batismo inscrito na sepultura...

Vou muito rápido. Vou sempre muito rápido. É o que queria dizer sobre essa história do jornal de velhos. De velhos à beira do abismo, futuros ausentes na lista de chamada – ainda um pequeno esforço, quase lá, corrida dos velhos se acotovelando no portão. Enfim, o que queria dizer, é que essa história do jornal me lembra daquela vez em que, enquanto eu me esforçava para jogar pedras nas malditas gaivotas do parque da Praça Merrion – gaivotas pretensiosas, sem modos, uma delas havia violentamente arrancado meu sanduíche de cheddar –, ouvi atrás de mim um estranho diálogo. Ele se passou em um banco de madeira patinado pela chuva, diante de um canteiro de amores-perfeitos violeta e narcisos em flor. Parece-me que foi no início do mês de março. No entanto, o tempo estava tão bom que a própria natureza se deixava enganar por essa primavera precoce. Eu jogava pedras nas gaivotas ladras que se regalavam com meu almoço perdido, quando ouvi um velho dirigir-se a outro que vinha a seu encontro.

– *Hiya, I'm glad you're here. Haven't seen you for a while. Jesus, I was looking if I could find you at the back of the newspaper!*
– *Ah! No, not yet. But soon.*

Isso sempre me faz rir. Se fosse traduzir – único exercício de que sou capaz esses dias, e mesmo assim, em pequenas doses – faria assim. Primeiro o contexto:

Bill, sentado em um banco da Praça Merrion, lê o jornal parando longamente na última página. Ele não repara em Sean que se dirige a ele, lentamente, com a bengala na mão. Enfim, seus olhares se cruzam. Sean senta-se com dificuldade ao lado de Bill, que dobra seu jornal.
– Bom dia, meu velho. Quanto tempo! Estou feliz em te ver. Para não dizer aliviado. Meu Deus, estava justamente procurando seu nome na última página do jornal.
– Ainda não, meu velho. Em breve.

Ah, as histórias dublinenses! Sempre um pouco amargas. Aptidão para a infelicidade – algo não disponível a todos. Doença crônica. Atavismo que prezo. Talvez o único. Mas esse, eu prezo. É preciso incomodar onde não se espera. Um riso que perturba, que sempre faz um pouco mal. Flagelação prazerosa – não conseguimos evitar. Alguns golpes de cinto, suaves se possível, não tão desagradáveis. Alivia. Sobretudo se somos nós mesmos que batemos. Prazer proporcional ao mal-estar, intensificando-se à medida que o desconforto aumenta. Riso enlameado como um fundo de rio escondendo tanto doces segredos fechados em garrafas vazias quanto cadáveres desaparecidos sem deixar vestígios. Riso que contém o mundo da cabeça aos pés, cujas magras proezas se refletem no olhar do mais velho de seus habitantes. Os velhos, grandes mestres do riso – o que há de melhor na Irlanda. Nada mais a perder. Impacientes. Impacientes para chegar ao final do jornal. Na página *Memória* ou *Libra Memoria*. Cemitério de papel.

"Falecido: Senhor Untel, nativo de Wicklow, idade: 83 anos. Mulher e filhos comunicam o falecimento de…"

Celebridade póstuma. Para voltar à *Gazeta*. A do Tiers-Temps. O número que encontrei embaixo de minha porta intitula-se *La Guinguette*, referência ao baile que a equipe organizou esse verão, no jardim. Baile dos bombeiros realocado para os acamados. Só podemos saudar o aspecto incontestavelmente prático da coisa. O bombeiro, ideal do velho: metade cavaleiro, metade socorrista. Coquetel idílico. Baile bem-organizado, impecavelmente seguro. Como disse estar doente, não posso contar em detalhes o espetáculo que ocorreu aqui. No entanto, como o jardim encontra-se sob minhas janelas, posso falar das lenga-lengas que chegaram aos meus ouvidos. Folias extenuantes. Poderia dizer que a guerra havia acabado naquele momento. Relógio congelado, com os ponteiros quebrados. Viagem no tempo. Sem vontade de voltar para lá.

Eu imaginava os sapadores alegres sustentando os tristes restos dos residentes tentando flertar. Alguns certamente estão tentando, como mostra a história da velhinha loira. Aquela que perdeu a cabeça e que, no entanto, encontrou em seu infortúnio o conforto de um grande corcunda. Aquele do quarto 20. Um belo velhote cabeludo com olhar cortante. Ele a consola. É isso. Ele a mima, a beija. Abraça-a como a uma debutante. A velha loira cacarejando de prazer. Cacarejando de desejo. Os olhos maravilhados diante do seu amor da velhice. Seu último grande amor. O amante em questão está tão tocado quanto ela.

Memória perdida. Sentidos perdidos. Um ponto para cada, equilíbrio frágil, mas não importa. Tudo vai bem. Tudo iria bem a não ser, nos domingos, as visitas incessantes do marido – ainda vivo, ainda lúcido. O marido, testemunha da traição na velhice. Testemunha do amor que não soube dar à velha loira que arde e se joga freneticamente nos braços do grande corcunda. Sem nem se dar conta. Sem contas a prestar. Sacudida por um tremor mais violento que os outros: a emoção do último amor. Nenhuma linha sobre a velha loira e seu amante na *Gazeta* – como é chamada pelos leitores fiéis. Notícias insanas. Fotos de aniversário – um ano a menos. Mais um prego no caixão. Close nos rostos enrugados, olhos perdidos, cabeças calvas coroadas por chapéus pontudos de papelão. *Happy birthday*. Deferência fingida para aqueles que ainda se seguram em pé. Dedos retorcidos e firmemente presos pela artrose. Único prazer: o horóscopo. Qual o símbolo do signo de Áries? Ah, sim, carneiro, memória astrológica falha.

    Para os residentes nascidos entre 21 de março e 20 de abril: Áries.
    BONS TRÂNSITOS DE NETUNO: Tempo propício à imaginação e à introspecção. Boas ou más, as recordações virão à tona, fazendo com que vislumbre o futuro com sabedoria. O ensinamento é aprender com os próprios erros.
    SATURNO EM TRÍGONO COM SUA VÊNUS: Você é amado pelos seus com um amor fiel e incondicional.
    PLUTÃO NO ASCENDENTE: Atenção para não ser levado por seus velhos demônios. Sarcasmo. Ideias obscuras. Temperamento secreto. Cuide da sua saúde. Evite os excessos durante esse período de fragilidade.

    Meus velhos demônios. Já me abandonaram algum dia? Alguma noite? Alguma hora? No máximo ficaram presos por um tempo. Amarrados no quarto ao lado. Nunca muito longe. Tão próximos que sempre os tomei por mim mesmo.

Aliás, eles também. É possível que no inferno em que não acredito já tenha uma sólida reputação. A parte sombria bem superior à normal. Da cabeça à cintura, mais ou menos. Exceto os culhões. Você que pensa, velho sádico! Demônio da cabeça aos pés, nada se salva. Esqueceu a pobre Mouki, que você mandou embora como uma infeliz? Ainda que a amasse. Menos que teu medo. Preferiu sua Suzanne, que te poupou muitas tristezas. Malditos culhões, nunca lá quando precisamos deles. Covardia disfarçada em lealdade para a primeira. Sadismo de alto nível para ambas. Estúpido! Não, se contarmos os culhões e as pernas que não sustentam mais, a parte sombria é tão vasta que o traseiro de um elefante poderia sentar nela. Com as devidas proporções, claro.

Alguns gestos para te redimir por aqui, por ali. Caridade mal-organizada. Os prisioneiros não precisaram de você. Não mais que May louca em sua cama de hospital. Sua mãe que não te reconhecia mais. May delirante, a perna pendurada nesse estribo do inferno. Agonia interminável.

E seu irmão? Seu irmão. Distribuição injusta de papéis: um nascido para durar, o outro não. *A erva daninha cresce sozinha*, dizia May. Sem comida, sem calor. Cresce eternamente. Sobrevive às tempestades. Resiste ao gelo. Às estações interminavéis durante as quais os pensamentos não descansam nunca. Nenhuma trégua. Você é o último da sua ilha onde a chuva chora por ti. Chora na horizontal. Jatos violentos – correntes de tristeza que desgastam a rocha, varrem tudo. Jorrando até o céu, apagando as estrelas, sufocando a luz até o último raio. Aí está sua punição. Órfão de todos. Bom apenas para contar os cadáveres. Para empilhá-los sob teus pés. Para fazer florir os túmulos para os quais não pode ir. Sobre os quais crescem os musgos e liquens. Parasitas tão imortais quanto o aleijado impenitente que te observa no espelho. Você chegou ao fim de tudo. Ao fim de todos. O tempo fez de você um assassino, matricida, fratricida. Um viúvo infiel. Você desejou tanto sua solidão de cão. Sua solidão de lobo.

Like a fish out of water. Não misture tudo, você escolheu sua língua. Só como um peixe fora d'água. Fim inexorável. E aí está, asfixiando longe do mar da Irlanda, longe do *mar eterno como contava a velha história no fundo do jardim*. O mar pelo qual, criança, você já vagava como um fantasma. Criança já morta. Quase não nascida. Velhote, mas ainda não morto.

TERCEIRO TEMPO

ADULT ORANGE

— Senhor Beckett? Senhor Beckett, abra, por favor! Senhor Beckett, está me ouvindo?

— ...

— Rápido, Françoise, me ajude. Senhor Beckett, tudo bem? Está me ouvindo? Aperte minha mão. Isso. Abra os olhos. Isso. Tudo bem? Está com dor em algum lugar? Não?

— ...

— Vamos coloca-lo de pé, vai respirar melhor. Devagar. Muito bem. Vou colocar o oxigênio no mínimo. Respire bem devagar com a máscara. O médico está chegando.

— ...

— Françoise, você avisa? É a doutora Morin que está de plantão. Diga a ela que o senhor Beckett caiu da cama. Ela o conhece bem.

— ...

— Tudo bem? Está respirando bem? Sim? O senhor me assustou! Não se machucou? Não? Tem certeza? Ainda está mole! Ah! Está rindo, é um bom sinal. O que aconteceu, quis pegar alguma coisa? O senhor se debruçou? Rolou, foi isso? Não sabe? Espero que não tenha sido o uísque! Não, é muito cedo. Estou provocando o senhor, só provocando. Sim, eu sei. Nunca antes das cinco. O senhor é muito disciplinado, isso é bom.

— ...

– Ah! Está retomando a cor, que bom. A médica já vai chegar. Prefiro esperá-la para levantar o senhor. Mas não se preocupe, vou ficar do seu lado. Não me afasto nem por um segundo. Espere, vou abaixar um pouco sua blusa, a barriga está aparecendo. Como? Sim, é isso mesmo: "Cubra esse seio que eu não poderia ver". O senhor! É de quem? Victor Hugo? Molière?

– ...

– Vou virá-lo para que possa apoiar as costas na cama, ficará mais confortável. Pronto. Está melhor assim? A madeira não é muito dura? O senhor me fala, hein? O senhor me assustou agora há pouco. As camas daqui são altas, um mergulho infernal mesmo. Que dia! A senhora Collard também escorregou saindo do refeitório ao meio-dia. Felizmente, não quebrou nada. Espero que as acrobacias tenham terminado por hoje. Uma sorte que o senhor seja tão leve, se fosse mais gordo, teria se machucado mais.

– ...

•

– Senhor Beckett... O que foi? Doutora Morin!

– ...

– Senhor Beckett? Fale comigo. O senhor pode abrir os olhos? Senhor Beckett? Chame a ambulância, Françoise. Diga a eles que temos um paciente com mais de oitenta anos que desmaiou após cair da cama. Nadja, ele falou com você antes?

– Não muito, mas estava me entendendo bem. Acabou de desmaiar.

– O pulso está estável. Ele está respirando. Vamos colocá-lo de volta na cama. Posição semissentado. Coloque o oxigênio em fluxo baixo. Quanto está a pressão?

– Onze por oito.

– Bom, as pupilas estão reagindo, não é um ataque cardíaco. Está respirando corretamente. Ele vai voltar a si. Vamos começar o tratamento intravenoso. Vamos fazer um eletro enquanto eles chegam, assim ganham tempo.

Sam has a whale of a time, como se diz. Uma baleia, é isso – essa velha baleia do Sam acabada sobre o tapete. Enfim, baleia, modo de dizer, bode velho. Ou ainda espécime raquítico – baleia minke. Indivíduo particularmente autodestrutivo, que afunda sozinho. Sem a menor ajuda dos pescadores. Afogamento inesperado mesmo quando o capitão está logo ali atrás, prestes a começar a perseguição, com o arpão entre os dentes. Sam, melhor inimigo de si mesmo. Ele sabe muito bem prender-se. Prender-se nas próprias redes. Mamífero suicida. Que provoca sua queda. Desmoronando e afundando. Fim da batalha naval. O velho Sam rolou muito bem. Rolou para o chão, meu Deus.

Baleia encalhada em mar profundo – a comparação não é tão ruim. Considerando que eu também tenho a metade do cérebro que funciona e não somente à noite. Em estado permanente. O resto é mingau. Geleia, querida mamãe. Já a baleia tem um semicerebelo desperto enquanto dorme. Semiórgão indispensável à sobrevivência, já que destinado a lembrá-la de uma coisa essencial, uma coisa crucial: pensar em respirar. Ir regularmente procurar ar na superfície. Obrigação vital. Que esqueço, de minha parte, com muita frequência. Prova de que me superestimo: um semicérebro? Um quarto, no máximo. Talvez menos. Menos que um cetáceo. É suficiente para o que me resta fazer.

Eu me pergunto se não estou errando. Evidentemente, com um quarto, não se pode ter certeza de nada. Segurança em lugar nenhum. São mesmo as baleias que pensam só metade do tempo? Será que não estou confundindo suas aptidões com a dos golfinhos? Bagunça geral. Cachola irreparável. Com os três quartos. Vamos, faça um esforço. Convocação dos sobreviventes – penso em algumas células flutuantes. Raros neurônios intactos.

É uma certeza absoluta que o cérebro dos golfinhos funciona metade do tempo como explicado acima. Mas e quanto às baleias? Elas não podem respirar no fundo do mar, é evidente. Então é preciso que tenham uma estratégia. Mas dizer que seja necessariamente a mesma é dar um grande passo. Ou dois. As baleias e os golfinhos são dotados das mesmas faculdades cerebrais? Se penso em Melville – meu Deus, não posso ter esquecido isso. Descrições minuciosas das qualidades excepcionais de Moby Dick, cetáceo dos cetáceos, e outras – cetologia de alto nível. Cachalote, *Grampus*, narval e Moby Dick, a rainha das baleias dentadas. Moby Dick descrita com todos os detalhes. Moby Dick, a *sperm whale* – isso não se inventa. Quanto à baleia minke, minha irmã do fundo – dos fundos marinhos – está afogada na grande família das baleias. Não é muito amável, segundo Melville, o cetologista no comando.

> *The Fin-Back is not gregarious. He seems a whale-hater, as some men are man-haters. (A baleia minke não é gregária. Parece odiar seus semelhantes assim como alguns homens odeiam os seus.)*

Até aqui, é difícil negar uma certa semelhança.

> *Very shy; always going solitary; unexpectedly rising to the surface in the remotest and most sullen waters... (Muito tímida, sempre solitária, emerge de forma inesperada nas águas mais longínquas e mais sombrias...)*

Está ficando perturbador... A baleia minke. A considerar em caso de reencarnação. A não ser que eu já seja uma? Aí estaria explicado.

His straight and single lofty jet rising like a tall misanthropic spear upon a barren plain... (Seu jato reto, alto, único, eleva-se como o tronco de uma árvore selvagem, sozinho em uma planície nua...)

Melville! Poesia insuperável. Para a baleia minke, entendido. Mas não consigo me lembrar da menor linha sobre a atividade neurológica da baleia. Deve ser, basicamente, idêntica...

Departamento de neurologia do hospital Sainte-Anne
8 de dezembro de 1989

– Ele ainda está dormindo, doutor. Geme, mas está dormindo. Quer que a gente o acorde?

– Ainda não. O eletro está bom, ele está fora de perigo no momento. Passo novamente no fim do meu turno. Vamos ver o que acontece até lá. Mantenha-me informado se ele continuar agitado.

•

O título (disso me lembro): Film. Mudo (eu também). Preto e branco. (E os atores? Estão aqui na ponta da língua...) Buster Keaton: o homem. Nell Harrison e James Karen: o casal de transeuntes. Susan Reed: a senhora (a famosa). Close no olho do homem. Uma cidade em ruínas (sempre em ruínas), atravessada por um muro imenso coberto de musgo. Panorâmica vertical do muro, depois travelling horizontal até um prédio abandonado. Movimento brusco da câmera. Visão de um homem que corre (como um cavalo, como um maluco). Ele se detém para observar um misterioso pacote, de costas para os espectadores, depois continua correndo.

Keaton. Olhar de louco. Pálpebra velha enrugada como uma ameixa. Como um saco velho. Um olhar sem cor devorando a tela com sua íris e que, longe de ser um véu, causa o efeito de um alçapão, de uma porta secreta – *backdoor* –, fundida na parede do muro, perfeitamente imbricada em seu relevo, escondendo coisas inconfessáveis. Na cara de todos. Coisas inconfessáveis – quais? Eu não sabia. Procurava enquanto rodava *Film*. Eu rodava, eu mudava. Tentava em vão penetrá-lo, não o olho, mas seu segredo, nada atravessava. Nada além da autoridade louca desse olho que habitava a tela. Que a tomava por inteiro. Em seus menores cantos. Keaton preenchia o cenário e atraía-o para ele como um imã. Material magnético forte cuja magnetização remanescente e o campo coercitivo são grandes. Força atrativa perturbadora, inclusive para mim que estava do outro lado. O olho – o meu desta vez – colado no visor, na pequena janela na qual me esforçava para fazer um quadro. Olho por olho – deixemos os dentes de lado – o meu fixado sobre o de Keaton, que absorvia tudo, como uma esponja. Sim, é isso, como uma esponja, cujos orifícios, como vasos em miniatura, estavam prontos para recolher tudo que ali quisessem derramar. Olho esponjoso. Não um verdadeiro olho. Não como os outros. Particularmente úmido. No entanto, nenhum derramamento. Olho constelado de pequenas veias vermelhas e salientes, úmido como que preparado para entornar, sobre qualquer um que o observasse atravessado, trombas de desgraça. Se continha lágrimas, eram as de suas vítimas. Azar daquele que um dia, talvez uma noite, cruzasse seu caminho, sem prestar muita atenção nele. Apenas um olhar, de passagem. Isso teria lhe custado caro. Não voltariam jamais. Aracnídeo, o olho havia tecido sua teia para atraí-los. Até agarrá-los. Absorver suas lágrimas. Grande seca. Nem mais uma gota. Vampiro ocular. Olho sem fundo como uma pupila cega. Pupila de um cego que vê. Pupila abominável. Ciclope com dois olhos. O cúmulo.

Em sua corrida, o homem atropela um casal de transeuntes lendo um jornal (enfim, lendo... olhando as manchetes). Plano rápido sobre o transeunte que vacila, depois se endireita. Close na transeunte que observa o homem, intrigada. O homem se esgueira entre eles e retoma sua corrida. Ele pula os escombros, anda sobre as tábuas. Retorno da câmera para o transeunte que recoloca seu chapéu e seus óculos (é isso, eles o viram. Ele está em perigo). Close nos transeuntes lado a lado que olham para a câmera e começam a gritar.

Eles me viram, a mim também. Eles viram meu olho no visor. Você achava que estava protegido atrás da sua janelinha. Acreditava ter calculado os ângulos, sem que notassem nada. Seu olho estava preso na armadilha. Ele também, prisioneiro do filme. O Ciclope é você, meu velho. O monstro – filho de Urano e Gaia. Mas qual? Brontes? Esteropos? Argos?

Nada disso, nada a ver com o Ciclope. Você é apenas um olho entre os outros. Aliás, eles também foram vistos, quero dizer, por outros que não você. Mesmo o homem não pôde escapar. Apesar das mil e uma precauções que tomou para se fundir ao cenário. Nada a fazer. Apesar da capa preta que envolvia sua silhueta. Apesar do chapéu afundado no crânio, ele mesmo coberto por um tecido sedoso como um lenço de bolso. Um tecido que ele teve o cuidado de enfiar em seu chapéu para esconder melhor seu rosto. Ele também foi visto. Talvez não identificado, mas quem sabe? E se sua foto estivesse no jornal, no jornal que estava com a transeunte? Sua foto impressa, em close, na página de curiosidades. Ah! Ele pode correr como um coelho, como um morcego que, escapando do inferno, bate suas asas para cegar a ave de rapina, sua predadora. Ou como um rato. Pego em flagrante delito em sua corrida insana. Fotografado em pleno voo.

•

– Normalmente, os exames cardíacos estão bons. Não há motivo para que ele não volte a si. Você tentou acordá-lo?
– Ainda não. Estávamos esperando você, doutor. Ele ainda está muito agitado, mas mantém os olhos fechados. Como se estivesse tendo um pesadelo.

– Senhor Beckett? Senhor Beckett, está me ouvindo? Abra os olhos se puder. Estou vendo suas pálpebras se mexerem, o senhor pode abri-los. Vamos, tente.

– ...

– O senhor está me vendo? Sou o doutor Utrillo. O senhor está no hospital. Não, não, fique com os olhos abertos. Sei que é cansativo, mas o senhor vai se acostumar. Perdão pela luz nos olhos, estou checando rapidamente suas pupilas. Isso, ótimo. Siga meu dedo. Muito bem.

– ...

– O senhor se lembra do que aconteceu? Pode tirar a máscara se ela incomoda para falar. O senhor se lembra? O senhor desmaiou na casa de repouso. O senhor caiu da cama. Como não sabemos exatamente o porquê, vamos fazer exames complementares. Sua família está a caminho, seus sobrinhos, acredito. Eles vêm da Irlanda, não é?

– ...

– Bem, não se canse muito, mas tente ficar acordado um pouco. Vamos trazer uma refeição. Vou voltar para vê-lo daqui a pouco. Não, não, não volte a dormir agora. Tente manter os olhos abertos o máximo possível. Até já, senhor Beckett.

•

Travelling no homem que vira na esquina (a toda velocidade, sempre a toda velocidade) e entra em um prédio. Zoom no homem que para e coloca seus dedos sobre o punho para sentir seu pulso (cem pulsações por minuto. No mínimo).

Que idade Keaton teria no momento do filme? Setenta? Setenta e cinco anos? Nenhuma ideia. Não era um jovenzinho, em todo caso. Mesmo que ainda pulasse como um gato, o velho saltimbanco. Ele já havia passado por maus bocados, como testemunhava sua envergadura, ontem tão graciosa, agora imponente. Não estava gordo, não. Nenhum pneuzinho para fora da calça, e não suscitava pena. Ainda assim eu pensava, vendo-o tão bem, que aquele idoso certamente estaria sem fôlego depois de uma corrida daquelas. Por isso a ideia de que parasse um momento para tomar seu pulso. Verificar o estado de funcionamento da máquina. Estamos falando de um idoso! Keaton ainda era engraçado, uma criança ao lado do ferro-velho que você se tornou. Dê uma olhada nesse velho ranzinza que já gastou seus três quartos de vida. E novamente, fração aproximada. O que resta do Sam que seguia a câmera, subia a escada até as nuvens? Um vegetal. Cenoura ou pastinaca amolecida cheirando a cânfora e mofo...

•

– Uhu, tudo bem?
– ...
– Bom dia. Desculpe, pediram para que eu o acordasse. Trouxe sua bandeja. Cuidado, está bem quente. Vou retirar as tampas e abrir os potes.
– ...
– Hoje a entrada é sopa de cogumelos. Como prato principal, a equipe do Tiers-Temps que cuida do senhor nos explicou que o senhor não come carne, então substituí o pernil com vagens na manteiga por um medalhão de pescada com guisado de legumes, espero que tudo bem. O senhor gosta de peixe?
– ...
– Um pedacinho de queijo de Vicq? Vou colocá-lo no pão, vai ser mais fácil de comer. E de sobremesa um iogurte, esse é fácil de engolir. Está fazendo careta, não gosta de iogurte? Não tem problema, posso buscar uma compota, se preferir. Maçã com pera ou maçã com ruibarbo?
– ...

•

Travelling subindo e descendo no homem que sobe alguns degraus, percebe uma velha senhora (Realmente velha. Sem discussão) e desce novamente para se esconder embaixo da escada. Ela não o viu, continua a descer a escada com um cesto de flores na mão. Close no rosto da velha senhora. Seu sorriso se apaga. Expressão de terror. Olhos arregalados. Ela desmaia. As flores se espalham pelo chão. *Travelling* vertical. O homem estava atrás dela, ele corre para o andar de cima.

Dessa vez entendemos. Com certeza está mais claro. No entanto, o bandido conseguiu, mais uma vez, escapar. Quero dizer, esconder-se do olho – do meu, do da câmera – que não o apanhou. Deixou-o se afastar. Seu crime gerontofóbico não o levará ao paraíso. Pobre velha imolada, empurrada por um gesto seco. Nada mais fácil. Sem necessidade de grande coisa. Há anos ela pendia. Por um fio. Um só, que ele rompeu como uma Parca. Com um gesto seco e rápido – pode-se pensar em um acidente. A velha caída nos degraus. A velha elegante, com seus olhos negros de boneca e seu chapéu florido. Flores de verdade, que a coquete colocou cuidadosamente na frente do chapéu. Uma rosa branca e um cardo. Agora caídos ao lado da velha. Ao lado da morte.

Vê-se que ela era bem mais velha que ele! Certamente sua mãe! Senão o quê? Senão, por que precipitar sua queda? Não teria sentido. Nem pé nem cabeça. Era ela, a velha de olhos negros como buracos a principal responsável. Ela, a autêntica culpada de sua existência. Culpada de tudo. Ela, que havia escondido por tanto tempo sua crueldade por trás da máscara. Por trás do chapéu florido. Súcubo. Demônio sedutor, punindo os homens por suas traições. Certamente, todos traidores! Sendo você o primeiro. Inútil procurar longe. Os cadáveres estão todos aqui, esqueletos malditos, pedindo apenas para saírem do armário. Não, a velha não o roubou, seu patético fim: um último grito inaudível, de que o filme mudo só cospe a imagem.

Departamento de neurologia do hospital Sainte-Anne
9 de dezembro de 1989

– Bom dia, senhor, estou aqui para... senhor Beckett?

– ...

– Está dormindo? Desculpe-me importuná-lo, venho para o banho. Meus colegas disseram que o senhor havia pedido de preferência um homem para o banho. Eu me chamo Frédéric.

– ...

– Para não cansá-lo muito, vou dar um banho rápido na cama. Espere, vou colocar meu avental e encher a bacia aqui ao lado. Já volto. O senhor prefere a luva ou a esponja de banho?

– ...

– Não está muito quente? Está fazendo bem ao senhor? Posso fazer sua barba amanhã, se quiser. Pronto, a parte de cima já foi, as axilas, atenção, vou tentar não fazer cócegas. Qualquer coisa o senhor me avisa?

– ...

– Espere, vou trocar as luvas. Sinto muito, mas sou obrigado a passar em tudo. Aqui também. Serei rápido, bem rápido.

– ...

– Está ótimo, o mais difícil já foi. O senhor pode abaixar a blusa, não me atrapalha para lavar as pernas e os pés.

– ...

– Pronto, limpinho! Como? Tão claro como um assobio? Ah, é bonito. Não conhecia. É uma expressão do inglês?

Plano fechado sobre as mãos do homem que abre uma fechadura. Ele entra no quarto, fecha a porta e a corrente para se trancar no interior. Toma novamente o pulso (hipocondríaco incurável).

Retorno ao quarto. Àquele da infância. Aquele no qual ele suplicava à noite que uma lâmpada se acendesse para apagar seu medo. O quarto familiar, inquietante, com as paredes rachadas como a pele na qual as veias se revelam. Revelando as tristezas. Uma pele fina, envelope frágil – não verdadeiramente protetor. Familiar apesar de tudo. Como uma velha dor. O homem agora pode retirar o tecido que escondia seu rosto. Está finalmente em seu abrigo.

Você não vê nada! Você nunca vê os detalhes do cenário. Você esquece a janela cuja vista da rua poderia, por si só, traí-lo. Apesar das cortinas com as quais o homem luta e que, inexoravelmente esburacadas, expõem-no. Expõem-no ao cadafalso – ele não escapará, o matricida. Ele sabe. Talvez a sorte possa lhe sorrir. E por que ela não lhe sorriria? Ela sorriu para você. Com todos os seus dentes. Você não se deixou apanhar. Os outros tiveram esse direito. Eles foram levados. Você teve sorte. Você gritava sob o sol que brilhava. Eles deixaram-se apanhar. Agora é sua vez. O homem sabe disso.

Panorâmica da sala: vemos um aparador sobre o qual estão uma gaiola e um aquário. Movimento rápido da câmera revelando uma cadeira de balanço, um cartaz (talvez um retrato de um fantoche, uma marionete) e um espelho pregado na parede. Plano fechado no centro do recinto onde há um cesto, no qual estão deitados um cachorrinho e um gato preto e branco.

Eu disse no abrigo. Não fora de visão. Se o homem estivesse fora de visão, não haveria filme. Ele está no abrigo, com os animais como companheiros. Deveria estar contente – o misantropo, o selvagem. Ninguém a não ser os animais. Os animais são agradáveis. Sobretudo no campo, é verdade. Ainda assim, esses aqui parecem surpreendentemente tranquilos para animais deixados um tempo dentro de casa. O gato e o cachorro, comumente feitos para a vadiagem – *on the road again*. Aqui nenhuma agitação. Alguns batimentos de cílios. Eles esperam, calmamente aninhados no fundo de sua cama. Não há motivo para espantar um gato. Nem seu companheiro.

Você se deixa enganar como um bobo. Pelo cestinho, pelo gatinho, pelo cachorrinho. O homem, ele, entendeu logo. Ele percebeu o perigo. Os olhares programados como granadas. Como bombas. Ele os percebeu alternadamente sobre ele. Mesmo aqueles que se escondiam sub-repticiamente nas rachaduras ou nos reflexos do espelho. Ele percebeu todos. Primeiro o papagaio, depois o gato e enfim o chihuahua... Ele só poderia expulsá-los. *Get the fuck outta here!*

Plano aberto sobre o quarto: o homem segura o gato em seus braços, abre a porta, coloca o gato para fora, fecha a porta. Panorâmica horizontal à direita: o homem pega o cachorro, abre a porta, coloca o cachorro para fora. O gato aproveita para voltar.

Um que sai, outro que entra. Velha gague. Comédia eterna que sempre me faz rir. Quase tanto quanto o velho *Segure no pincel, que vou tirar a escada*. O melhor. Parece até que existe uma versão teológica. O diabo ainda ri. Ele também.

E depois? Quando a escada for tirada? O que ainda pode acontecer? Nada. Nunca acontece nada. Nunca acontece nada de bom quando estamos sós, na escuridão do quarto e que a luz, a simples luz do dia, bastaria para revelar o crime e seu culpado. O matricida. O que você quer que o matricida faça? A não ser esconder-se, a não ser odiar-se. A não ser fugir de seu próprio reflexo. *Self-hatred*, diríamos em inglês. Pouco importa, coitado, já que o filme é mudo. Já que todo mundo se detesta, em um momento ou outro. Sobretudo no fim. Quando os escombros do corpo correspondem apenas àqueles da mente arruinada. E que as vozes acusadoras se elevam. Mesmo quando não as ouvimos.

Departamento de neurologia do hospital Sainte-Anne
10 de dezembro de 1989

– Senhor Beckett?
– ...
– Como está vendo, senhora Fournier, o senhor Beckett está muito cansado, está dormindo muito esses dias. Somos obrigados a acordá-lo para os tratamentos e as refeições.
– ...
– Senhor Beckett? É o médico. Abra os olhos, por favor, gostaria de falar um pouco com o senhor.
– ...
– Conforme explicava à sua amiga, senhora Fournier, os resultados dos exames infelizmente não me trouxeram nada novo sobre sua situação. Não sabemos a causa dos desmaios. No momento, vamos continuar o tratamento e observar.
– ...
– Bem, vou deixá-lo. Acho que agora vai ler, senhor Beckett. Um pouco de estímulo é bom. O que é? William Butler Yeats? Não conheço. É irlandês?

•

Panorâmica horizontal: a cobertura cai do espelho, o homem se joga sobre ela e o cobre de novo. Movimentos circulares da câmera. O homem senta na cadeira de balanço e pega o pacote que transportava há pouco. No começo do filme.

Eu gostava muito dessa ideia do espólio. De um pequeno tesouro que Keaton teria carregado, desde não sei onde. Gostava muito. Não como o cofre de Harpagon ou a maleta de dinheiro de um gângster. Não, um espólio mais modesto. Um espólio só dele, no fundo. Valor sentimental. Agora que ele está ali como um pirata no quarto, com o tapa-olho. Agora que ele está no vazio, que ele está instalado na cadeira. Ele poderá, enfim, abrir o misterioso pacote que sai da pasta de couro, que não é senão...

Cale-se! Você sempre vai mais rápido. Muito mais rápido. Você conta as coisas antes que elas aconteçam. Maldita Pítia! Pitonisa arruinada! Você é uma serpente. Um réptil imundo vivendo em uma gruta, aterrorizando seus comparsas. Está falando de um oráculo, a essa altura ainda não sabemos nada do que esconde a pasta. Sabemos apenas que o homem atribui a ela uma extraordinária importância. Que a aperta contra seu peito como uma mulher. Como se sua existência dependesse dela. Melhor morrer que perdê-la. Que perdê-la como perdeu sua mulher.

Plano aberto no papagaio na gaiola. Câmera atrás do homem dirigindo-se à gaiola e retirando sua capa. Plano aberto no olho do papagaio que pisca (*wink*). Câmera atrás do homem que recobre a gaiola com sua capa. Close no aquário e no peixinho dourado. Câmera atrás do homem que se dirige ao aquário e também o cobre.

Evidentemente sempre pensamos no prazer do *voyeur* – prazer real, entendo disso. Mas e o desgosto do outro? "Escopofobia". Digo, daquele que, observado, teme o gozo do seu *voyeur*. Teme-o como tememos a vergonha. Como tememos um castigo. O gozo alcançado, de certa forma, pelas suas costas.

Enfim, quando digo prazer, quero dizer prazer no sentido amplo. Não penso em sexo, neste caso, nem em Keaton. Realmente evito cuidadosamente pensar nos dois concomitantemente. Uma mistura ruim, no que me diz respeito. Ah! Os sabores e as cores. Keaton, o que eu queria era te ver. Por trás do meu visor. Não apenas vê-lo prestes a ver, mas também prestes a ser visto. Ou prestes a imaginar que o víamos. Eu me perguntava quanto tempo ele aguentaria. Até quando suportaria a crise. A crise que crescia nele como leite fervendo em uma panela aquecida a pleno vapor. Eu sentia seu delírio inflar como se fosse meu, feliz que tivesse escolhido um outro. Feliz que tivesse escolhido Keaton. Keaton, neste momento.

É isso, ele se confessa, o roteirista bárbaro, o diretor diabólico. Um torturador, nada mais. Ele alimentou o mal. Primeiro a janela, depois o espelho e até o horrível peixinho dourado com olhos de globos. Agora que ele os cobriu com sua capa, talvez possa enfim respirar. Abrir a misteriosa pasta.

Câmera atrás do homem que se balança na cadeira. Zoom sobre a pasta que ele abre e da qual saem fotografias.
Fotos número 1 e 2: Retratos de uma mulher de chapéu.
Foto número 3: Um dândi e um cachorro exibindo-se para ele sobre uma mesa.

Mas quem é essa bela mulher elegante e severa? Meu Deus, de onde saiu essa foto? Hipocampo deteriorado. Memória de um peixinho dourado. Mais buracos que um Gruyère. Memória em frangalhos que agita as imagens como dançam os flocos de uma bola de neve.
Quem é, então, essa mulher? Com seu chapéu de outra época? Sua esposa? Sua mãe quando jovem antes que ele tivesse visto a luz do dia? Antes que seu nascimento a tivesse enlouquecido, ela que já era um pouco louca. Que sempre foi. Uma louca em potencial. Ainda não desabrochada. Ainda não sua mãe.
A mãe! A mãe! Pare um pouco com a mãe! Você só pensa nela e ela está morta, enterrada na terra de Greystones. Entre o mar e a montanha. As montanhas de Wicklow. Não é ela. Ela não está no filme. Não na pasta. Nem mesmo nessa foto. Aliás, o homem nem olha mais para ela, passou para a foto seguinte. A foto do dândi.

Um dândi de chapéu, bengala e bigode, um toque de afetação nas maneiras – o clichê. Ele se curva em direção a um cachorro, inclinado sobre a mesa. O cachorro também se exibe – sobre as patas traseiras, todo esticado na direção do dono. Deferência fingida; o dândi esconde um torrão de açúcar na manga.

Olhe bem. Esse dândi inclinado sobre o cachorro, não te lembra alguém? Você não pode ter esquecido! Não ele! Olhe de novo: o terno listrado, a bengala, o bigode... Você não reconhece o dono, pobre cão?

Não, sobre esse ponto, sou formal. Joyce era mais magro. Muito mais magro. A aparência de um homem magro, com suas bengalas grandes, falo de suas pernas, e seu queixo pontudo. Pontudo como um bico. Como um prego.

Os pregos dos quais fala são aqueles do seu caixão! Joyce morreu. Lembre-se. Você sempre esquece disso. Ele morreu durante a guerra, não resta mais nada dele. Não sobrou nem mesmo o suficiente dos seus despojos, o suficiente de seus restos para repatriá-los para a Irlanda. Você até tentou, mas foi inútil. Joyce tinha virado poeira.

Sim, Joyce morreu. A guerra marcou seu fim. O fim do mestre, morto entre os mortos. Morto de uma morte que não teve nada a ver. Nada a ver com a guerra. No entanto... No entanto, as palavras de Joyce estão aqui, incólumes em meu córtex desgastado. Palavras miraculosamente resgatadas de todos os naufrágios. De todos os meus naufrágios. Estão aqui, sempre prestes a saírem. Elas me levam inexoravelmente para essa moça, essa flor das montanhas. Palavras de mel. As palavras de Joyce são suaves. Nenhum solavanco. Nenhum golpe. Elas cantam como o tordo que vinha até mim nas montanhas. O tordo que eu percebia vir de longe da janela da cozinha, nas manhãs em Foxrock, no momento em que o dia já ocupava as almas da casa. Onde eu ficava na cozinha de May, observando o tordo ao longe que me mostrava o caminho. O caminho da liberdade que cruza o céu. Do mar à montanha. Que paira sobre tudo. Eu atravessei os naufrágios, com as palavras de Joyce na cabeça. As palavras de Joyce no coração. Chilreando a história da moça, da flor das montanhas – *tweet tweet*. Elas ainda *tweetam* mesmo com a noite à espreita. Elas perseguem a história em meu lugar – memória ambulante, memória volante. Eu as escuto.

Sim, a moça, assim como as moças andaluzas, usava uma rosa nos cabelos. Uma rosa vermelha. Havia também essa história do muro e do sexo. Da moça que, considerando que esse não era muito pior que um outro, ligeiramente acima da média, talvez, tinha enfim decidido avançar, *Yes*, os *Yes* indeléveis do Joyce se apressam. Mais um *Yes*. Bis do desejo. Um *Yes* plantado nos olhos fixos – linguagem universal. Ele não quer dizer *sim*, ele quer dizer *de novo*. Ela diz de novo. De novo *Yes* para o abraço e para o coração que bate acelerado e sim *I said yes I will Yes*.

Foto número 4: Um estudante com roupa de formatura recebendo seu diploma das mãos de seu professor.

O chapéu do laureado com seu querido pompom – universidade de língua inglesa. Sim, mas qual? Nenhum indício conclusivo. O homem, o assassino, será um antigo aluno do Trinity College tendo optado em seguida por um caminho enviesado? Seria uma dessas ovelhas desgarradas de que nos fala o Bom Pastor? Parábola do bom pastor que andou por maus caminhos. Cruzou com as famosas más companhias de que falavam no domingo na igreja enquanto eu adormecia na minha cadeira?

A não ser que não seja ele. Olhe bem. Não é o homem que vimos na foto. Olhe esse grande homem. Esse jovem de cabelo comprido, o cabelo comprido alinhado sob o capelo. Você está vendo que é você! Você, sempre você, o primeiro jovem de óculos redondos, orgulhoso como um Deus, como uma montanha, orgulhoso de aparecer assim na frente de seus professores. Na frente de seus pais.

•

O senhor pode falar com ele. Seu tio está te ouvindo. Ele está muito agitado pelos motivos que expliquei, no entanto, quando abre os olhos e retoma a consciência, é coerente na maior parte do tempo. Eu o aconselho a falar com ele em sua própria língua, talvez isso possa criar um estímulo a mais. Não sabemos. Vale a pena tentar. Vou passar amanhã de novo para vê-lo. Podemos avaliar juntos, se o senhor quiser.

•

Foto número 5: Foto de casamento. Um casal posa na frente dos portões de um jardim.

 Sabemos o que aguarda os infelizes. Os dois enterrados até a cintura. Ele, dormindo. Ela, meio louca. Sozinhos, um ao lado do outro. Tendo como único horizonte os pequenos nadas, os gestos ínfimos que ainda os distanciam do fim. A escovação dos dentes na hora marcada e as conversas para nada. Prazeres módicos. Escovação do tempo. Na foto, eles ainda não sabem o que lhes aguarda. Na foto, o casal é elegante, mas modesto. O noivo veste um simples paletó. Nem fraque, nem laterais abertas nas costas, nem sobretudo azul com franjas longas. Nem mesmo camisa com colarinho.
 Por que ele precisaria de tudo isso? Essas roupas só existem nas histórias. Nas histórias dos outros que sua memória cospe. Para um casamento, um simples paletó basta. Não é isso que mudará as coisas.
 Sim, de acordo nesse ponto, o paletó basta. Talvez seja até demais, pensando nas circunstâncias penosas, no calvário conjugal – o pleonasmo – que os espreita. Que espreita a todos. Motivo pelo qual não usei um no dia do meu. Meu casamento. Nunca consegui empregar essa palavra para qualificar minha ligação – neste caso não há nenhuma, azar da frase – com Suzanne. Parece-me impróprio. Refiro-me ao casamento. Enfim, impróprio, digamos que o que me incomoda é a lacuna – de-

cididamente – a lacuna que há entre o casamento tal qual o entendemos comumente e o casamento tal qual nos fagocita. Tal qual nos digere e finalmente nos rejeita. Rejeita a si próprio, como um transplante ruim. Nenhuma informação sobre isso nos jornais. Nenhum alerta sobre esse flagelo que há milênios faz, entretanto, inúmeras vítimas. Nem uma única palavra antes de sermos confrontados com ele. Antes que seja muito tarde. Mesmo que estejamos preocupados todos os dias com o preço do barril do petróleo – cerca de dezenove dólares, me parece? Adiante. A verdade é que no dia do meu casamento não usei paletó. Somente meu velho casaco de pele e minha boina. E a sustentei, minha velha pele quente naquele dia glacial. Eu a sustentei, da mesma forma que Suzanne sustentou a pele em que estava embrulhada, capuz na cabeça. Não era a pele de asno, mas quase – *le cake d'amour*, é isso, nós éramos tão velhos, Suzanne e eu, tínhamos tanto frio. Dois velhos brincando de esposos. Espantalhos. Horrendos. O interior de seu capuz estava forrado com algumas mechas brancas que se projetavam para fora. As mechas do seu famoso corte quadrado – nome que ela dava ao penteado. Um quadrado semilongo com franja espessa cobrindo uma testa de matemática. O que dizem ser "uma testa de matemática". Ela não era uma. Suzanne era o piano. Foi sempre o piano. O resto era besteira para ela. Batatas mastigadas da véspera.

Foto número 6: Foto tirada em um jardim diante de uma casa. Um homem segura uma criança nos braços.

O bebê eterno da foto. Capturado no momento em que ainda era um. Nos braços de seu pai. Isso não durou muito tempo. Um ou dois anos no máximo. *Time is flying*. O tempo passou com a velocidade do vento, levando com ele sua cota de poeira. Poeira da infância.
Acreditamos sempre que ele corre, mas é interminável. Quanto tempo isso ainda vai durar? Ninguém sabe. Você não

apostaria muito em sua própria permanência. No entanto, você não acabou. Apesar de tudo. Apesar das feridas. Apesar da guerra. Apesar das pernas. Enquanto os outros, todos os outros, tão sólidos, foram dormir, de boca aberta. A sua ainda geme. Funciona só para arrotar os maus pensamentos. Lembranças absurdas. O herói do filme livrou-se disso. Com suas mãos grandes ele rasgou as fotos. Com um gesto vivo. Os fragmentos de papel congelado multiplicados em suas mãos assassinas. Fragmentos dolorosos. Eliminados um a um. Assassino de papel. Primeiro a criança, que não permaneceu assim. Depois a esposa. Eis que ele faz o caminho ao contrário. Até a cerimônia de formatura. O que vai sobrar no fim? Fica realmente alguma coisa? Até mesmo o cachorro. Até mesmo Joyce. Confetes.

Departamento de neurologia do hospital Sainte-Anne
11 de dezembro de 1989

Lamento, mas tenho que dizer que, essa manhã, o senhor Beckett não acordou.

[Um tempo]

Na sequência de um novo desmaio, ele entrou, durante a noite, em um estado que eu descreveria como coma 2. Isso quer dizer que sua capacidade de despertar desapareceu. Não podemos mais entrar em contato com ele, mesmo que ele possa nos ouvir, não posso responder sobre o que ocorre ali, não sabemos ao certo.

[Um tempo]

Por outro lado, ele ainda reage aos estímulos de dor. Está sempre muito agitado. Essa tarde vou informá-los sobre o protocolo pensado pela equipe para que ele sofra o menos possível.

[Um tempo]

Claro, não faremos nada sem que concordem. Na ausência de filhos, vocês são os familiares mais próximos. Então devem decidir. Não sei se ele expressou a vocês alguma vontade no que se refere aos cuidados médicos. Se quiserem, podemos falar sobre isso daqui a pouco. Vou deixá-los passarem um tempo com ele. Nos vemos de tarde.

•

Eu gostaria muito que fizessem *tabula rasa*. Que rasgassem as fotos e o resto. Vamos lá, tudo para o lixo. Um grande depósito. O bebê jogado fora com a água do banho – *baby thrown out with the bathwater* –, pelo menos uma vez de acordo nas duas línguas. Pelo menos uma vez dizendo a mesma coisa. Sincronização de última hora. Seria um sinal? Um sinal de quê? Essa coisa toda? A criança sacrificada como o cordeiro. Afinal, não seria a primeira vez. E depois, o que isso muda? Nada disso pode mudar. O homem pode ficar lá, sentado na sua cadeira de balanço, pode moer com as mãos as imagens e elas ficam lá. Espalhadas. Ao seu redor. As imagens dos mortos-vivos, fotografados antes que o fossem. Congelados na felicidade que antecede o abismo. E você. Você que nasceu à beira, bem à beira do penhasco, você miraculosamente seguiu o pico. Sentia a rocha quebradiça sob seus pés. Os deslizamentos que sua passagem provocava. Você não via quase nada na névoa espessa. Nessa névoa de guerra. Você não via, no entanto, ouvia os gritos dos que caíam. Ou dos que já caídos ainda esperavam para sucumbir aos ferimentos abertos. Isso durou muito tempo. Uma eternidade ouvindo os gemidos dos outros. Espetáculo em três atos. Com intervalos. Sempre os intervalos. Malditos sobressaltos. Últimos reflexos. Já era o fim. O corpo todo desarticulado pela queda. Ossos quebrados, partindo por todos os lados. Saindo da carne avermelhada que escorria como lava. Camaradas torturados até as unhas. Recolhendo carvão com as mãos nuas. Nem mesmo a força para levantar uma pá.

Você sempre exagera. Isso foi durante a guerra. Não foi sempre assim. Outros conheceram o aconchego do lar. A morte em casa. Os entes queridos em volta. A doença vestida e despida por mãos familiares. Privilégio dos pais. De quem gerou. De quem pôs no mundo.

O que você sabe? O que sabe sobre o corpo dos pais entregue às mãos de seus descendentes, você que não tem nenhum? Você que nunca quis ter.

Evidentemente a dúvida ainda paira. Mesmo em meus últimos dias. A dúvida disfarçada de esperança. Um filho perdido, encontrado. Não, melhor, uma filha. Sim, uma filha. Filha de um amor que teria deixado escapar. Que teria deixado enterrar-se. Uma americana de trinta e dois anos, bela como uma imagem adorada. Tão preciosa como os tesouros engolidos pelo oceano que eu deixei nos separar. Uma vez mais. Uma última vez. Dessa vez foi o certo. Dessa vez foi o fim. Mouki desaparecida. Enfim quase. Ainda algumas cartas. Apenas cartas. Nenhum filho. Nenhuma filha. Arrependimentos inúteis.

Você não sabe que a descendência é cruel? Que ela se apodera do corpo familiar do doente, do pai ou da mãe, e que ela o asfixia? Ou pior, sonha em fazê-lo? Você mesmo pensou nisso muitas vezes. Você pensou em abreviar a existência dos doentes da sua família. Convencido de que faria o melhor a eles. Desejoso de saciar o ódio profundo adormecido em você desde sempre e que a morte deles aliviou. Confesse. Você ficou aliviado de vê-los partir. Tristeza inferior ao alívio provocado pela morte. Pelas mortes das quais foi testemunha. Satisfeito como o assassino que assiste à cena final e observa o veneno trabalhar. O veneno que você preparou durante sua vida inteira. Alimentado com seu ódio, incrementado por sua bile, que subitamente realiza o milagre. O fim dos outros que você desejava com vergonha. Os outros: seu veneno.

•

– Sentem-se, por favor. Vou responder a todas as questões. Precisamos estar de acordo e que entendam o protocolo de acompanhamento que estamos prestes a adotar para seu tio.

"Respondendo primeiro sobre a sedação. Há três indicações principais para a sedação: o delírio, a agitação, se preferir, a dispneia, as dificuldades de respiração, a dor, claro, e mais raramente, os vômitos.

"Neste caso, é sobretudo a agitação que me leva a propor o sedativo. Penso que podemos agir sobre o estado permanente de ansiedade no qual o senhor Beckett se encontra há alguns dias e que claramente se acentuou na noite passada.

"Preciso explicar que existem vários níveis de sedação. Para poder aliviar seu tio, precisamos induzir um coma profundo. Nosso objetivo, já que infelizmente não podemos fazer mais nada, é acalmá-lo ao máximo.

"Estão de acordo com relação à morfina?

"Vocês têm outras perguntas?"

Para que contar o fim? Não há nada a contar. O que contamos sempre aconteceu antes. Bem antes. Ou logo antes. Mas sempre antes. Do fim, nada sabemos. Antes do fim, nada a ver. Não há nada a ver. Apenas esperar.

Logo antes do fim de *Film*, o homem se balança na cadeira de madeira escura. Ele se nina como se estivesse nos braços de uma babá. Se ele estivesse, certamente ela lhe cantaria alguma coisa. As babás cantam. *Hush, little baby*. As babás cantam e prometem a lua. Promessas de amanhecer.

Hush, little baby, don't say a word
(Silêncio, bebezinho, não diga nada)

Mama's going to buy you a mockingbird
(A mamãe vai te comprar um passarinho)

A cada palavra, seu lote de promessas. A babá promete tudo. Um monte de recompensas destinadas a comprar o silêncio. Mas a criança grita, não pode evitar. Como poderia agir de outro modo, agora que sabe – todos nós sabemos – que o dia se eclipsa e que logo será noite? O dia se eclipsa e a noite ganha espaço. Ressaca incessante. Todos os dias serão assim. A criança sabe. A cada dia a mesma promessa do retorno de uma luz que se esvai inexoravelmente. Que foge. Luz efêmera soprada todas as noites. É meia-noite. Acabamos de apagar. A manhã ainda está longe. Felicidade inatingível. E enquanto esperamos? Enquanto esperamos – o problema está sempre aqui. O que fazer enquanto esperamos? Gritar? Por que não? Nada melhor que os gritos para assustar as sombras. Para afastar os lobos, já que não há mais fogo. Não há mais luz. Mais nada em que se agarrar, a não ser à sua própria voz que berra – presença reconfortante. A babá irlandesa pode muito bem cantar em seu gaélico natal. *Seoithín, seo hó.*

Seothín a leanbh is codail go foill
(Durma, bebê, e durma agora)

Ar mhullach an tí tá síodha geala
(Em cima da casa há fadas brancas)

Faol chaoin re na Earra ag imirt is spoirt
(Que brincam e divertem-se sob a suave claridade da lua)

Seo iad aniar iad le glaoch ar mo leanbh
(Elas estão chamando meu bebê)

Le mian é tharraingt isteach san lios mór
(Para levá-lo à sua grande fortaleza)

Ela pode muito bem ameaçá-lo. As fadas não são nada comparadas ao perigo que a noite promete. Essa metade de escuridão da qual ninguém escapa. Metade do copo vazio.
Então por que não gritar?
Tente, meu Deus, tente! Tenha ao menos essa coragem. Berre, meu velho Sam, em qualquer língua! *Yell, you fiend, like a drill sergeant! Like a banshee!* Avise-os dos perigos, da escuridão. Da noite. Soe ao menos o alarme. Grite como uma banshee, avise-os da morte iminente. Da morte que chega. Grite, se ainda puder.

Certamente Samuel Beckett existiu, certamente terminou seus dias em uma casa de repouso chamada Tiers-Temps, em Paris, onde viveu exilado por meio século. No entanto, esse livro é um romance. Minha empreitada não é biográfica. Ela consistiu em fazer de Beckett, a partir de fatos reais e imaginários, um personagem diante de seu fim, como aqueles que habitam sua obra.

Dados Internacionais de Catalogação na Publicação (CIP)
de acordo com ISBD

B843t
Besserie, Maylis
    Tempo final / Maylis Besserie
    Título original: *Le tiers temps*
    Tradução: Lívia Bueloni
    São Paulo: Editora Nós, 2022
    160 pp.

ISBN: 978-65-86135-62-6

1. Literatura Francesa. 2. Romance I. Gonçalves, Lívia
Bueloni II. Título.

2022-853   CDD 843.7   CDU 821.133.1-31

Elaborado por Odilio Hilario Moreira Junior, CRB-8/9949

Índice para catálogo sistemático:
1. Literatura francesa: romance 843.7
2. Literatura francesa: romance 821.133.1-31

© Editora NÓS, 2022
© Éditions Gallimard, 2020

Direção editorial SIMONE PAULINO
Assistente editorial GABRIEL PAULINO
Projeto gráfico BLOCO GRÁFICO
Assistentes de design STEPHANIE Y. SHU
Preparação e revisão ALEX SENS
Produção gráfica MARINA AMBRASAS
Assistente comercial LOHANNE VILLELA

Imagem de capa, pp. 3 e 157:
© Science History Images / Alamy Stock Photo

*Texto atualizado segundo o novo
Acordo Ortográfico da Língua Portuguesa.*

Todos os direitos desta edição reservados à Editora NÓS
Rua Purpurina, 198, cj 31
Vila Madalena, São Paulo, SP | CEP 05435-030
www.editoranos.com.br

Cet ouvrage a bénéficié du soutien des Programmes d'aides à la publication de l'Institut Français.
Este livro contou com o apoio à publicação do Institut Français.

Fontes CST BERLIN EAST, UNTITLED SANS, UNTITLED SERIF
Papel PÓLEN SOFT 80 G/M²
Impressão MARGRAF